裘山山
小传

1958年出生于浙江杭州，现居成都。1976年入伍。1983年毕业于四川师范大学中文系。1978年开始文学创作。已出版长篇小说《我在天堂等你》《春草》，长篇散文《遥远的天堂》《家书》，以及《裘山山文集（七卷本）》等作品约五百万字。先后获得过鲁迅文学奖，中宣部"五个一工程"奖，中国人民解放军文艺奖，文津图书奖，四川文学奖，《小说选刊》年度大奖，《小说月报》百花奖，《人民文学》年度短篇小说奖，《当代》小说奖，以及夏衍电影文学剧本奖等，并有部分作品在海外翻译出版。

2002年被评为享受国务院特殊津贴专家。2008年当选第十一届全国人大代表。2009年入选中宣部"四个一批"人才库。2011年应邀为美国俄亥俄州立大学访问学者。

曾任成都军区政治部文艺创作室主任，《西南军事文学》主编。2016年退休。现为中国作协全委会委员，中国作协军事文学委员会副主任。

总主编 何向阳

本册主编 吴义勤

百年中篇小说名家经典
BAINIAN
ZHONGPIAN
XIAOSHUO
MINGJIA JINGDIAN

裘山山 著

琴声何来

QIN
SHENG
HE
LAI

河南文艺出版社
·郑州·

一种文体
与一百年的民族记忆

何向阳 （丛书总主编）

自 20 世纪初，确切地说，自 1918 年 4 月以鲁迅《狂人日记》为标志的第一部白话小说的诞生伊始，新文学迄今已走过了百年的历史。百年的历史相对于古老的中国而言算不上悠久，但 20 世纪初到 21 世纪初这个一百年的文化思想的变化却是翻天覆地的，而记载这翻天覆地之巨变的，文学功莫大焉。作为一个民族的情感、思想、心灵的记录，从小处说起的小说，可能比之任何别的文体，或者其他样式的主观叙述与历史追忆，都更真切真实。将这一百年的经典小说挑选出来，放在一起，或可看到一个民族的心性的发展，而那可能被时间与事件遮盖的深层的民族心灵的密码，在这样一种系统的阅读中，也会清晰地得到揭示。

所需的仍是那份耐心。如鲁迅在近百年前对阿Q的抽丝剥茧，萧红对生死场的深观内视，这样的作家的耐心，成就了我们今天的回顾与判断，使我们——作为这一古老民族的每一个个体，都能找到那个线头，并警觉于我们的某种性格缺陷，同时也不忘我们的辉煌的来路和伟大的祖先。

来路是如此重要，以至小说除了是个人技艺的展示之外，更大一部分是它对社会人众的灵魂的素描，如果没有鲁迅，仍在阿Q精神中生活也不同程度带有阿Q相的我们，可能会失去或推迟认识自己的另一面的机会，当然，如果没有鲁迅之后的一代代作家对人的观察和省思，我们生活其中而不自知的日子也许更少苦恼但终是离麻木更近，是这些作家把先知的写下来给我们看，提示我们这是一种人生，但也还有另一种人生，不一样的，可以去尝试，可以去追寻，这是小说更重要的功能，是文学家个人通过文字传达、建构并最终必然参与到的民族思想再造的部分。

我们从这优秀者中先选取百位。他们的目光是不同的,但都是独特的。一百年,一百位作家,每位作家出版一部代表作品。百人百部百年,是今天的我们对于百年前开始的新文化运动的一份特别的纪念。

而之所以选取中篇小说这样一种文体,也是出于这个原因。

中篇小说,只是一种称谓,其篇幅介于长篇小说和短篇小说之间,长篇的体积更大,短篇好似又不足以支撑,而介于两者之间的中篇小说兼具长篇的社会学容量与短篇的技艺表达,虽然这种文体的命名只是在20世纪的七八十年代才明确出现,但三四十年间发展迅速,其中的优秀作品在不同时期或年份涵盖长、短篇而代表了小说甚至文学的高峰,比如路遥的《人生》、张承志的《北方的河》、莫言的《透明的红萝卜》、韩少功的《爸爸爸》、王安忆的《小鲍庄》、铁凝的《永远有多远》等等,不胜枚举。我曾在一篇言及年度小说的序文中讲到一个观点,小说是留给后来者的"考古学",

它面对的不是土层和古物,但发掘的工作更加艰巨,因为它面对的是一个民族的精神最深层的奥秘,作家这个田野考察者,交给我们的他的个人的报告,不啻是一份份关于民族心灵潜行的记录,而有一天,把这些"报告"收集起来的我们会发现,它是一份长长的报告,在报告的封面上应写着"一个民族的精神考古"。

一百年在人类历史上不过白驹过隙,何况是刚刚挣得名分的中篇小说文体——国际通用的是小说只有长、短篇之分,并无中篇的命名,而新文化运动伊始直至70年代早期,中篇小说的概念一直未得到强化,需要说明的是,这给我们今天的编选带来了困难,所以在新文学的现代部分以及当代部分的前半段,我们选取了篇幅较短篇稍长又不足长篇的小说,譬如鲁迅的《祝福》《孤独者》,它们的篇幅长度虽不及《阿Q正传》,但较之鲁迅自己的其他小说已是长的了。其他的现代时期作家的小说选取同理。所以在编选中我也曾想,命名"中篇小说名家经典"是否足以囊括,或者不如叫作"百年百人百部小说",但如此称谓又是对短篇小说的掩埋和对长篇小说的漠视,还是点出

"中篇"为好。命名之事，本是予实之名，世间之事，也是先有实后有名，文学亦然。较之它所提供的人性含量而言，对之命名得是否妥帖则已显得不那么重要了。

值此新文化运动一百年之际，向这一百年来通过文学的表达探索民族深层精神的中国作家们致敬。因有你们的记述，这一百年留下的痕迹会有所不同。

感谢河南文艺出版社，感谢编辑们的敬业和坚持。在出版业不免受利益驱动的今天，他们的眼光和气魄有所不同。

2017 年 5 月 29 日　郑州

目录

001

隐疾

051

琴声何来

143

我需要和你谈谈

241

温和的穿透
——裘山山中篇小说简论
吴义勤

一

那个名字出现在青枫的电脑屏幕上时，青枫的心脏一阵悸动。今年体检查出左心室缺血，也许那一刻血液突然加热膨胀，涌入了干涸已久的左心室，心脏很不适应地疼了起来，是刺疼。那种疼让她瞬间想到了四十年前的那个夜晚，唾沫星子溅到脸上的疼。

青枫的第一冲动是想删掉这个私信，第二冲动是想拉黑给她私信的那个人。但还是忍下了。毕竟，人家仅仅是询问，三个询问句而已。如同遇见问路的人，你可以说你不知道，总不能去骂问路的人。

那三个询问是这样的：你是岳青枫吗？你知道冷锁江现在在哪儿吗？你有他的联系方式吗？

她确定这个冷锁江就是她认识的那个冷锁江，这样的名字不大会重复的。更何况，问的人知道她是谁，指向明确，是她认识的那个冷锁江，而不是世界上其他的冷锁江。虽然这名字已被埋了四十年，陈旧得像写在黄纸上的斑驳字迹，可瞬间出现，还是坚硬地戳过来，刺痛了她。眼前黑乎乎的一片，仿佛电脑死机。

这是什么人？ 为什么要找他？ 干吗到她这儿来找他？ 莫名其妙！ 四十多年了，她一直在努力忘掉他，差不多已经忘掉了。 这人却这么冒失地跑来，粗暴地把他推到她面前，给她一闷棍。

青枫的名字，是父亲从《春江花月夜》里取的，"白云一片去悠悠，青枫浦上不胜愁"。 她出生的时候，父母的确是不胜愁的。 用不胜愁形容都轻了，应该是万念俱灰。 但骨子里热爱古典诗词的父亲，还是在万念俱灰中残存了一点诗意，给小女儿取了青枫这样一个名字。 前些年微博盛行，她注册时便用了"白云去悠悠"替代自己。 而后的微信以及网上的各种注册，她都沿用了这个名字。 时间长了，很多熟悉的朋友索性叫她白云。

可是这个人是谁？ 他是从哪儿知道"白云去悠悠"是她的？ 青枫心里一阵烦躁。 她已经很久没这样动过气了。 日子越来越顺滑，也越来越没劲儿。 连生气也难得遇到。 毕竟，知天命已知了很多年，更年期也更了很多回，整个生命程序都进入了尾声，仿佛一首歌，抒情的序曲唱过了，高亢的主旋律也唱过了，甚至副歌也唱过了，剩下的只有余音。

青枫让自己平静下来，默默敲下几个字：我不认识他。 你是哪位？ 想了下，又改成：我不知道他在哪儿。 你是哪位？ 然后发出去了。

那人很快回复了：

我是二班的黄黔英。

我们班在你们班斜对面。

我跟冷锁江是同班同学。

我们想搞同学会，在找他。

显然这是个女人，不仅仅是名字像，还有这么急促的一句接一句的表达方式也像。青枫完全不记得这个黄黔英，她连自己班上的同学都记不全，何况对面班上的同学。她能确定的是，此人应该是高中同学。只有上高中时，他们一班和二班才是门斜对着的，中间隔一条走廊。还有，此人肯定是他们铁道兵部队的孩子。只有铁道兵的孩子，才会在名字里频现地名，闽、川、渝、襄、黔、桂、滇。铁路修到哪儿，部队就进驻哪儿；部队进驻哪儿，孩子就生到哪儿。青枫和姐姐之所以跟他们不同，是因为她们出生的时候，父亲在院校。

她没再回复，站起来打开窗户。她的心脏现在需要新鲜空气。

正是春寒料峭的时节，天微阴，细雨蒙蒙，是她喜欢的味道。树木开始泛绿了，葱绿、豆绿、冬瓜绿。其间也夹杂着一些红。那红，也是树叶，看上去却像花。有的树从不开花，但一直红艳如花；有的树一直开花，却微小到无人察觉。青枫喜欢琢磨树，也常常看着树发呆。碰上美丽的树她会驻足，暗自拍手称赞。当然，她知道树自己并不在意自己的长相，而且对人工修剪一定是憎恨的。

比起花红柳绿热风扑面的仲春，青枫更喜欢凉凉的早春。 喜欢春分到清明那个时节，介于暖和冷之间，有些暧昧。 有时候她的一些沉睡的记忆会在早春复苏，带起整个身心，欣欣然，回到从前。

此刻便是。

但此刻的记忆之门洞开后，是漆黑的。 像小时候父亲给她讲的那个故事，兔子不小心掉进了树下的无底洞，就一直掉，一直掉。

不见底。

二

青枫决定给幺妹打个电话。

幺妹不是她妹妹，是同学，大名姚梅，因为她妈妈用山东话叫她：姚——梅！ 听上去怎么都像是四川话里的幺妹，当时他们正好在四川。 于是乎左邻右舍都叫她幺妹了。 在青枫那个时期的同学里，幺妹和她是最要好的，用现在的话说是闺蜜，虽然她们只做了两年同学。 她们两家在走廊的两头。 每天早上上学，幺妹都会在楼梯口叫青枫，青枫一耳朵听到了，迅速出门，两人就一起下楼去学校。 但如果是青枫先吃完饭在走廊上叫幺妹，那是无论如何也叫不答应的，不是幺妹耳聋，而是青枫的声音太细小，用她妈妈的话说，跟蚊子一样。 由此可见青枫是个什么样的少女。 幺妹的妈妈孙阿姨人很和气，脾气像面团一样，但即使如此，青枫也不去她家，她和幺妹只在上学的路上交谈。这是妈妈定的规矩，不要随便去别人家。

青枫此生都没有发小，因从小随父母迁徙漂泊，总是和这群孩子相处一时期，又和那群孩子相处一时期。发小只有姐姐。不过幺妹是个例外，貌似发小。她们十二岁相识，十七岁分开，之后三十多岁时又走到了一起。幺妹是随丈夫到了北京，青枫是大学毕业留在了北京，两个人偶然相遇，好一阵激动，像找到了失散的亲人一般。青枫甚至觉得，自己这棵小树因为幺妹的存在，便在偌大的北京多了一根根须。幺妹没读过大学，高中毕业跟父母回了山东老家，在一家街道企业当工人，好像是做纸盒子的。后来跟丈夫随军到了北京，干了十几年超市营业员，五十岁不到就退休了。她感兴趣的话题和青枫感兴趣的话题，几乎完全不搭。但青枫愿意和她在一起，亲切，轻松，透着家人的随意。有时候青枫在家请客，就让幺妹过来帮忙烧菜，幺妹总是非常痛快地答应，好像真的是她幺妹一样。其实她们俩同年，幺妹比她小两个月而已。

电话打过去，幺妹接起来就说：哎哟，我正想给你打电话咧。

幺妹也是山东口音，只是比她妈妈淡很多。

青枫问，什么事啊？

青枫问的时候，心里已经猜到大半，脸上浮起了笑容。

幺妹能说什么她还不知道吗？ 无非是胖胖（小孙子）今天问了她一个她答不出的问题。 或者，昨天晚上韩剧里那个女人为什么犯贱？ 幺妹的生活主题就是这两样，孙子和韩剧。但她有一大优点，谦虚好学，什么事儿都爱问个究竟。 她们之间的问答关系，并不是像孔夫子和子路或者颜回那么有人生哲理，而是像母亲和阿姨们。 小时候母亲也时常回答左邻右舍阿姨们的提问。 比如，许大姐，今天广播里说，某某死了，中年（终年）七十三岁。 他都七十三了，还能算中年吗？ 母亲就耐心解释说，那个终不是中年的中，是终结的终，意思就是他生命结束那一年七十三岁。 又比如，许大姐，叶剑英是个男人嘛，干吗取个女人名字？ 母亲就说，那可不是女人名字哦，剑，是刀剑的剑，英，是英雄的英。 阿姨们释然，笑呵呵的很满意，好像吃到一口好菜。 母亲姓许，比阿姨们都要年长，她们就叫她许大姐。 偶尔，阿姨们也会问到一些高深的问题，比如，许大姐，广播里天天批林批孔，林彪是坏人俺知道的，他要害毛主席，那孔老二咋啦？ 他不是个古人吗？ 不是早就死了吗？ 为什么还要批他呢？ 这种问题，母亲是不敢回答的，母亲说，报纸上是这样说的，你看嘛。 母亲就拿报纸来读。 阿姨们没兴趣了，不再问。 母亲这样一个"摘帽右派"，哪里敢解读当下政治？母亲更愿意回答的是"73岁怎么能算中年呢"这样的问题，又有趣，又安全。

每次青枫回答幺妹问题的时候，就会想到母亲。 她和母亲是越来越像了，越老越像了，包括回答问题时的语气。自然，幺妹的问题比阿姨们宽泛许多。阿姨们的问题仅仅来自每天的《新闻联播》，幺妹有电视，现在还有微信。

没想到幺妹开口跟青枫说的，既不是孙子，也不是韩剧。

幺妹说，那个谁，她到北京来咧。青枫问，谁？幺妹忽然顿住。青枫隐隐意识到什么，追问：谁来了？幺妹说，丽闽，王丽闽，她来北京咧。青枫不说话了。幺妹歉意地说，我本来不想跟你说的，可是她非说要见你咧。青枫说，见我干吗？我有什么好见的。幺妹说，不知道呀。估计是想你了吧。说完幺妹似觉得不妥，又说，反正她说想见你。她和以前不一样了，成天烧香拜佛的。青枫说，你们已经见过了？幺妹说，还没呢，她明天到。我让儿子去接她。她来北京看病。

青枫心里略略有些不快，听上去，她们关系还挺近的。但她没有表露。尽管她跟幺妹关系很好，也无权干涉她跟其他人交往，包括跟她不喜欢的人交往。

她要住你家吗？她略带醋意地问。幺妹说，不不，我家哪有地方。她在医院旁边订了宾馆。

青枫还是不说话。

幺妹说，嗯，那个，你要是不愿意见也没关系，我已经留了个活口，我说我先打电话问问，看你在北京不。

幺妹到底还是跟她更亲近些。青枫放松了些，说，对的，你就跟她说我不在北京，回老家了。

幺妹忽然问：哎，你给我打电话是什么事？

青枫回过神来，顿了一下，把有人在网上打听冷锁江的事情告诉了幺妹。 说着说着，不免又愤愤然，声音也高了几分。 平日里青枫说话总是绵绵的，小时候妈妈说她说话像蚊子叫，老了大概就是个老蚊子在嗡嗡了。 今天这么高声大嗓的，实属罕见。 但幺妹肯定明白她为何反常，她在幺妹面前无所顾忌。

幺妹对这个黄黔英倒是有点儿印象，她说的确是个女生，是另一个团的子女，小时候蔫蔫儿的，不爱说话，跟王丽闽一个班。

提到王丽闽，青枫更懊恼了：那她干吗不去问她？ 问我干吗？ 我跟他八竿子都打不着，我凭什么要知道他的联系方式！ 真好笑！ （我就恨不能不认识他。 这后一句，青枫忍住没说出口。）

幺妹顺着她说，就是，挺烦人的。 可能是要搞同学会吧，这几天到处找人，我也接到好几个电话。 也有来问你电话的。 今年是咱们高中毕业四十年。

青枫心里嗖的一阵，窜过冷风。 今天真吊诡，王丽闽来北京，冷锁江冒出微博。 对她来说，这两件事其实是一件事，这两个人其实是一个人，他们又联手攻打她了，一如四十年前那样。 她不想迎战，只想关上门。 毕业四十年。 才四十年？ 她感觉已经过去一个世纪了。 她和他们，是上辈子结下的孽缘。

幺妹又把话题拉回到王丽闽头上：可能是老了吧，王丽闽说了好几次想见你，我都没告诉你。 她每次给我打电话都要问起你，问你好不好，变样没，还问你孩子多大了。 挺念旧的。 这次因为人都来了我才跟你说的。 她还说今年秋天同学会，让我叫上你。

青枫冷冷道：我不去。

又问，你要去吗？

幺妹说，嗯，我想去，我挺想他们的，好多同学从高中毕业就没见过了，再不见真的老了。 我们是从小一起长大的呢。

青枫不语。

幺妹继续说服她：丽闽她真的变化挺大的，不像小时候那么神气了，每天在家念经呢。 对了，我听说，那个男生——冷，他肯定不会去的。 他身体垮了，起不来床，好像是中风了。

是吗？ 青枫有些惊讶。 事隔四十年，她第一次听到关于他的消息，却是这样一个坏消息。 不知为何，她并不觉得高兴，默默放了电话。

过了一会儿，大概不到三分钟，青枫又打了过去，她跟幺妹说，见就见吧。 但是你必须一起见，我跟她没话说。

幺妹连连说，当然，当然一起见。 我想过了，后天正好是星期天，我把孙子送到亲家那儿去，我来包饺子，你们一起来家吃饺子。

　　从幺妹的语气里听出，她特别高兴，甚至有点儿兴奋。这感染了青枫。 也许自己一开始就该答应的，不要让幺妹为难。 青枫略有歉意。

　　其实她最后的妥协，不是因为那个坏消息，而是缘于王丽闽的变化。 她居然信佛了？ 这倒让她有几分好奇。

三

　　去幺妹家，青枫总是选择地铁，10 站路就到了，而且两边都不用走太远。 还有，从地铁口上去就有家超市，规模挺大，青枫总是进到那里买些东西带过去，主要是烧菜的食材。 现如今都叫食材了，无非是鸡鸭鱼肉之类。 幺妹的厨艺特别好，别看是山东人，面食之外的菜也烧得好。 每每做了好吃的她就打电话叫青枫去品尝。 作为回报，青枫总是买最好的食材给她。 比如最好的牛肉，或者黑猪肉，或者新鲜黄鱼。 那都是幺妹不大舍得买的。 幺妹家本来还算富裕，丈夫当到营职干部从部队转业，在一家国营商场当书记，一直干到退休。 但两口子千辛万苦省下的钱，都给儿子买房了。 北京的房子，那绝对是血盆大口，一口下去，幺妹就剩骨头了，所以家里日子过得很节俭。 即使去中低档超市买东西，也经常晚上去，买那些临期的便宜货。

　　从超市出来，过马路时，青枫发现身边一戴眼镜的老妪，犹豫着不敢过街，虽然人行道已是绿灯，但一些骑电瓶车的，还在不自觉地横穿人行道，也不减速。她便用手轻轻扶在老妪胳膊上，带她一起走了过去。过去后老妪连说谢谢。青枫这才发现，老妪的年龄不是太大，说不定和自己差不多。可能是神情胆怯，加上灰白的头发，显出了老态，一旦过了马路，就正常了，走得还挺快。

青枫加快脚步，超过了她。她不能比一个过马路需要扶的人还慢吧。她时常提醒自己，你还不老，不能有老态。母亲六十多的时候，看见公交车到站还会跑儿步去赶。母亲是她的榜样。

幺妹打开门，张着沾了面粉的两只手呵呵地笑着，她的笑容和以往不同，高兴里带了几分感激，仿佛青枫答应见王丽闽，是给了她面子。这让青枫不习惯。她径直把买好的东西送进厨房，又洗了手要帮忙。幺妹推她进客厅，你去喝茶。跟着又加了一句：丽闽还没到。

青枫放松了，她之所以在厨房滞留，就是怕和王丽闽打照面。既然没到，她就自在地脱掉外套，给自己泡了杯茶。

青枫端着茶站在厨房门口和幺妹聊天。幺妹说，我今天包两种饺子，一种猪肉大白菜的，一种素菜馅儿的，是韭菜豆腐干。青枫说，行，你包什么我都喜欢。幺妹，丽闽现在吃素了，素馅儿主要是给她包的。

青枫想，真是变化挺大啊，居然吃素了。

幺妹一边忙着手上的，一边给青枫大致讲了王丽闽这几十年的经历：当了几年兵，没提干就退伍了；退伍后进了政府部门，城管局还是房管局，幺妹没记清楚，总之在局里从小科员一直干到处长，很能干。 大概是五十岁那年退休的。

青枫问：她来北京看什么病呀？ 幺妹说，你不知道，她特倒霉，眼睛出问题了，得了个什么眼底黄斑病变，听说很难治。

青枫心里忽闪了一下，这可是够倒霉的。

到了她们这个年龄，难免有这个病那个病的，比如幺妹就是血压高血脂高血糖高，这个不敢吃那个不敢吃的，偶尔吃块红烧肉，还先在餐巾纸上按按，把油吸了去才吃。 而青枫自己，除心脏不太好之外，最严重的是腰椎间盘突出，发作的时候走路非常困难，连刷牙都要撑在水池台子上。 可是相比之下，王丽闽这个毛病更让人同情。 要是瞎了日子怎么过呀？ 还有啥意思呀？ 如果能自选，青枫宁可选缺胳膊断腿，也不要失明。

两人正聊着，幺妹电话响了，接起来，是王丽闽，她说她有点儿转迷糊了，找不到她家。 幺妹说，你在哪个位置？站着别动，我来接你。 王丽闽说她在他们小区的杂货店门口。

青枫在一旁听到了，略微勉强地表态说，我去接她吧。

幺妹手一拦：哪有让客人去接的？ 我去，你帮我再剁剁白菜。

幺妹真是个善解人意的女人。 青枫想，真让她去接，那才尴尬。 她赶紧去厨房剁菜馅，她宁可一直在厨房待着，擀皮包饺子，怎么都行，好像根本没来。

青枫也是会包饺子的，在部队长大的孩子，哪有不会包饺子的？ 但青枫对厨房没兴趣。 一想到从面粉到饺子的全过程，青枫就头大，那得在厨房站多久才能完成？ 实在是太熬人了。

小时候，就是和幺妹做邻居的时候，幺妹的妈妈经常包饺子。 山东人包饺子就跟玩儿似的，下班回来才开始和面剁馅儿，天还没黑就吃上了。 通常都是素馅儿饺子（因为肉要凭票买），也很好吃。 每次青枫母亲都不停地点赞：小孙你太利落了！ 小孙你真是能干！

小孙就是幺妹妈。 幺妹妈煮好饺子，总会让幺妹端一碗到青枫家。 当然，青枫妈做了好吃的，也会让青枫送过去。比如粽子，那是妈妈的绝活。 还比如自制的米花糖，自己发的豆芽，自己腌的榨菜，自己做的豆豉。 青枫妈妈虽然是文化人，却在厨艺上极有天赋，什么菜都会做，青枫至今想起都很崇拜。

由于青枫和幺妹是好朋友，两家母亲便也亲近了很多。青枫都记不清吃过多少回幺妹妈包的饺子了。 如今幺妹妈已过世，青枫母亲虽然还在，也多年不进厨房了。 老了，老到在厨房站不住脚了。 连她都老了，母亲能不老吗？ 日子已过去了很多很多，像她们小时候形容的那样，像头发那么多，像树叶那么多。 那么多那么多的日子，要埋住她们了。

四

青枫时常会想起在小镇的日子，不是怀念，就是想起。好像那些日子在她的脑海中的划痕特别深，稍不留神就凸显出来。也许是那个时候她的脑海特别柔软，特别干净。

这里说的"那个时候"，就是七十年代初，"文革"中期，青枫的父亲被打成"资产阶级教育路线的黑干将""白专道路的典型"（原因很简单，父亲是连续数年的优秀教员），从铁道兵学院，调到了在大巴山修铁路的部队，谓之"到基层锻炼改造"。一家人便随同父亲迁徙到了山里的小镇，住进了部队家属院。所谓家属院，其实就是向当地一家工厂借来的两栋老楼。现在想想，工厂真不易，自己的房子都不够住，还借给部队两栋。

幺妹家和青枫家住在其中一栋的四楼。一条长走廊把八户人家串在一起。走廊是开放式的，一面朝外，一面是房间。和北方的筒子楼不一样。八户人家分成四组，每两户共用一个厨房。但没有洗碗池也没有厕所，洗碗池在走廊中央，家家户户排队在那儿洗衣服洗碗打水。至于厕所，整条走廊都没有，整栋楼都没有。全工厂宿舍区就一个公共厕所，在宿舍中间的空地上。所以，说是住楼房，生活条件却是非常原始的。

和青枫家共用一个厨房的是杨阿姨家。她丈夫是父亲那个团的政治处主任。 左边头上是陈阿姨和邓阿姨，右边是赵阿姨和王阿姨，再过去是马阿姨和孙阿姨，也就是么妹家。这八户人家的男主人分别是参谋长、政治处主任、教导员、营长、股长（两个）、后勤处长，唯有青枫的父亲是工程师，不带长，无权无势。 偏偏青枫母亲还是家属里唯一的"臭知识分子""摘帽右派"。 可想而知，青枫家在团里的地位了。

幸好这八户人家的阿姨，大都是从农村出来的，很朴实，加之没有文化，平日里读信写信什么的，都要靠青枫母亲帮忙。 母亲也总是尽其所能帮她们。 因为部队在川陕交界的大山里施工，距离小镇有好几百公里，家家户户的男主人，只能一年探亲一次。 平日里，就是家属们相伴着过日子了。 除了写信，母亲还帮她们做衣服，当然不是大件，就是背心短裤什么的。 青枫家有台飞燕牌缝纫机。 所以青枫家和邻居们的关系，很是和睦。

有意思的是，八户人家尽是男孩子，差不多二十个，女孩子就四个，青枫家两个，么妹家一个，马阿姨家一个。 男孩子们从八岁到十六七岁不等，正是惹是生非的年龄，打架斗殴，上房揭瓦。 走廊上每天都能听到阿姨们此起彼伏的训斥打骂孩子的声音。 有时候鬼火冒，做母亲的下手也很重，青枫母亲不得不前去阻拦，被误伤，手臂上好几次留下乌青。 事后阿姨们少不得上门道歉，端碗饺子，或者给青枫姐妹抓几颗糖。

　　尤其是最头上的陈阿姨，四个儿子，老大老二只差一岁，每天在外和人打架不说，回到家还要互相打。常言道"兄弟打架不要命"，青枫对此话的感受可是太深了。某一日老二不知为何事发怒，举着菜刀追老大，老大脸色煞白从家里跑出，跑过青枫家门口时，青枫母亲一看不妙，打开家门让他躲进来，把老二堵在门外。老二进不了门，就拿菜刀砍青枫家的门，把青枫吓得，两腿发软直打哆嗦。

　　陈阿姨经常被她的俩儿子气得发疯，就往死里咒骂：监狱怎么不把你们收了去？汽车怎么不撞死你们？看到青枫家的门被她儿子砍得一道道刀印，唉声叹气地说，许大姐我真是羡慕你啊，你看看你俩女儿多好啊，又听话，又懂事，要是我的闺女，我砸锅卖铁都要给她们做新衣服穿。但有时候，陈阿姨也会骄傲地跟青枫妈说，我们村里人都说，他老钱家真是烧高香了，娶了我这个媳妇，一下子给他生了四个小子。

　　不管陈阿姨说什么，青枫母亲总是微笑听着，不言语。

　　有没有儿子，对青枫母亲来说，真是太次要的问题了。只要能安安生生过日子，青枫的父亲在工地上好好的，两个孩子在学校好好的，再进一步说，能不被周围的人歧视，两个女儿能和其他人家的孩子一样，她就心满意足了。

　　表面上看，是一样的。白天青枫母亲和阿姨们一起去上班，也就是在部队工地上帮忙打杂，挣一点儿钱贴补家用。青枫和姐姐去学校上学。晚上下班回来各自做饭，做了好吃的互相品尝。 由于每家的屋子都很挤，走廊便成了饭厅，尤其到了夏天，家家都在门前摆个小桌子，放上两三个菜，坐在小凳子上吃晚饭。 青枫家没有小桌子，就用一张凳子替代，反正最多两个菜，也放得下。 日子虽然拮据，也不乏快乐。

青枫在这样的环境里，生活了五年，从十二岁长到十七岁。

五

王丽闽出现在幺妹家门口时，青枫傻掉了，原来就是刚才那个她扶过马路的戴眼镜的老妪！ 竟有这么巧的事。 青枫有点儿不知所措，好在，王丽闽没有认出她来，也许她的眼睛真的不行了。 青枫自然也就默不作声了。

王丽闽伸出手来和青枫握，笑眯眯地说，你是青枫吧? 哎呀，真不好意思，我迟到了。 我看错楼号了，跑到八号楼去了，还上到五层去敲了门呢。 丢人现眼的。

幺妹连忙说，嗨，我们这几个楼都一样，容易认错。

青枫也顺着说，是的，我头一次来也找错了。

把六看成八，看来她的视力的确出了问题。

幺妹说，早知道我就让儿子去接你了。

王丽闽说，不能老麻烦孩子。 我打车过来很方便的。

青枫想，她肯定撒谎了，她明明是从马路对面过来的，显然是坐公交车，要不就是地铁。 可是，这也没什么丢人的呀。 青枫现在越来越喜欢利用公共交通了。

幺妹又钻进厨房继续做她的饺子了，青枫便给王丽闽泡茶。 她再次打量，确定刚才自己扶过的老妪就是王丽闽，她摘下眼镜后，脸上便现出了小时候的影子，虽然胖了一些，老了一些，基本模样还在。 她突然想起李益那句诗，"问姓惊初见，称名忆旧容"，真的是"称名忆旧容"啊。

此刻坐在客厅里的王丽闽，不像站在车水马龙街边的王丽闽那么局促害怕、颤颤巍巍了。 一旦放松，她身上那股劲儿就回来了。

嗨，你家房子真不错。 她环视四周对幺妹说，这个地段肯定很值钱。 又靠地铁。 幺妹说，地段不错，就是有点儿小，儿子他们来了没法住。 王丽闽说，我家倒是宽，楼上楼下的，打扫一次卫生都得大半天。 可是跟乡下差不多，没人去呀。

自谦里满是自得，谁都能听出来。 肯定是买了别墅。

青枫把泡好的茶递给王丽闽，注意到她的手腕上戴着木头珠串，也不知是什么木头，取自哪棵树。 现在戴这个的人特别多，成了新时尚。 据说有些珠子非常昂贵。 青枫倒是一点儿不感兴趣。

王丽闽抬眼打量了她一下，笑眯眯地说，你变样了青枫。 我脑子里还一直想着你小时候的样子，黄毛丫头一个。 现在要是在街上遇见，肯定认不出来了。

青枫敷衍道，可不是，都成老太婆了。

王丽闽说，不是不是，和老没关系，是我眼睛不行了。前年同学会的时候，我还能叫出一多半同学的名字呢。这一年眼睛突然就不行了，看啥都只能看个大概，快成瞎子了。

她对自己的病好像并不在意，随口就说出来了。性格似乎也和小时候一样，随意、率性、满不在乎。用英语说就是not care。貌似大大咧咧的，其实是藏着一种自负。

青枫还是礼貌地问：我听么妹说了，她说是眼底黄斑病变。不好医治吗？在北京找到专家了吗？

王丽闽说，嗯，挺麻烦的，医生说很难逆转，搞不好过两年就瞎了。这不有个朋友给我介绍了一个协和专家嘛，好不容易才挂上他的号，周一去看看。死马当活马医呗。

青枫点点头，不知说什么好。她对此一窍不通。若是说到椎间盘腰腿痛什么的，她还可以聊几句。她朋友里还没有眼睛出毛病的。缺乏谈资，青枫只好一个劲儿喝茶。

你挺好的吧？王丽闽跟她寒暄起来：我听么妹说，你事业有成，家庭幸福，福报好呀。

话语里果然透出信佛的气息了。

青枫讪讪道，哪里，普普通通的。

王丽闽继续寒暄：我听说你也是个儿子，在哪儿工作呢？也该结婚了吧？

青枫一一作答：就在北京工作。还没结婚。

么妹在厨房大声插话，青枫的儿子可出息呢，又高又帅。

王丽闽说，是吗？ 阿弥陀佛，随喜随喜。

青枫听着别扭，只好客套说，也谈不上啥出息。

王丽闽说，我已经有孙子了。 都上小学四年级了。

看青枫那么惊讶，她解释说，我结婚早嘛，二十三岁就生儿子了。 不过我可不像幺妹那么有耐心，我没管。 我儿子说我成天在家烧香拜佛的对小孩儿不好。 有啥不好的？有佛祖保佑才好。 不过我巴不得不管，让亲家去管。

青枫笑笑，不知该接什么话。

王丽闽忽然说，青枫你不想见我吧？ 我知道。

又笑道：可是我很想见你呢。 真的。

青枫毫无防备，尴尬地说：没有没有。 但"我想见你"这句话，是怎么也说不出口的。 她不想见她，真不想见，直到今天来的路上，她还在后悔答应了幺妹。

王丽闽说，没事儿，我知道你还在生我的气。 是我不好。 小时候不懂事呗，尽胡闹。

王丽闽说到此处，竟然伸出手来放在青枫的腿上，很亲切很随意地拍了拍，就好像长辈对孩子。 青枫感觉很不舒服，假装倒水站了起来，摆脱掉那只手。 但嘴上依然下意识地说，没事儿没事儿。

她感觉到自己脸红了，好像做错了什么。 为什么她要说"没事儿"？ 怎么会没事儿？ 她干吗脸红？

青枫恼恨自己，不想再和她对话了，她倒了水，走到厨房门口说，幺妹你别一个人忙，端到屋里我们一起包吧，我也会包的。

幺妹回答说，好的，马上。

王丽闽也站了起来跟到厨房，探头对幺妹大声说：幺妹，我刚才已经跟青枫道歉了，我一直想跟她道个歉呢。

幺妹说，嗨，青枫早忘了，小时候的事，过去就过去了。 是吧青枫？ 咱们还是好朋友。

青枫无语。

六

幺妹曾经问过青枫，就是她们刚刚在北京遇见的时候。她们说起小时候的事，说到了王丽闽，青枫掩饰不住自己的厌恶。 幺妹便问：你为什么那么讨厌丽闽啊？

青枫反问，你不讨厌她吗？

幺妹说，有时候想起来，也会觉得她太霸道了。 可是谁让她爸是团长呢，你看师部头头那几个孩子，更霸道。 她算好的了。

青枫不愿再去想那些，她的少女时代是灰色的，她是灰溜溜地长大的。 她把话题转移到了别处，但又被幺妹拽了回去。

幺妹说，我觉得丽闽对我们还是挺好的。 那个时候糖果好稀奇哟，我妈根本舍不得买，星期天她把我们叫她家去吃糖果，吃江米条什么的。 还有她妈妈孟阿姨对我也挺好的，有一次我买米回家，路上碰到她妈妈，她妈妈还让我搭了车呢，就是她爸爸那辆吉普。

青枫忍不住了，那你忘了那件事了吗？ 你忘了她欺负咱们那件事了吗？ 她把咱们一个个叫到房间去审问，你都吓哭了。

幺妹竟然笑了：没忘没忘，搞得跟国民党审问地下党一样，就差严刑拷打了。 真把我吓哭了。

青枫不可思议，这样的事，她还能笑出来？ 她不觉得难过？ 不觉得生气？ 不觉得被羞辱？

幺妹轻描淡写地说，小孩儿嘛，胡闹呗。

青枫说，那时候她已经十八岁了，十八岁可不是小孩儿！

幺妹依然说，小时候不懂事嘛。

就是从那次起，青枫意识到，在这个问题上，她和幺妹的感受天差地别。 她决定不再和幺妹谈这个话题。 没法谈。 幺妹仿佛也明白了这一点，在她俩后来的交往中，再没提过王丽闽了。

在青枫心里，这件事绝不是胡闹那么简单，无法过去了就"过去了"。 这件事深深刻在她心里，刻痕太深，以至于成了一触碰就会出血的伤疤。 即使不触碰，它也在皮肤下面，改变了血流的方向。

二十世纪七十年代中期，青枫和幺妹，还有王丽闽，同时就读于小镇的唯一一所中学。从初中到高中。高二那年，青枫和幺妹十七岁，王丽闽十八岁。班上同学的年龄参差不齐，最大有二十出头的，最小的不到十七岁。因为铁道兵"志在四方"，孩子就时常转学，留级是稀松平常的事。

虽然在同一所学校，青枫几乎不与王丽闽来往。不在一个班是个原因，更重要的原因是王丽闽的父亲是团长，长得又漂亮。团里的孩子们都讨好她。而瘦小的青枫唯一的骄傲资本，就是学习成绩，她总是能考到前三名，比王丽闽好很多。

十八岁的王丽闽，的确很有公主的范儿，亭亭玉立，漂漂亮亮，风头十足。他们家四个孩子，她是老大，走出家门也保持着老大的范儿。每次王丽闽出现，孩子们总是会围上去打招呼，只有青枫待在角落里不动。青枫的这种状态很难定义，有矜持，有胆怯，还有自卑。以这样复杂的心境，她不想和太得意的人交往。她生性敏感，还孤僻。平时也只和幺妹这样的女孩儿玩儿，幺妹父亲只是个股长，身上便没有那种颐指气使的味道。

事情发生在一个夏天的午后，青枫她们马上就要高中毕业了。

那天下午上课铃打响，王丽闽班上的同学走进教室，豁然看到黑板上写着一行粉笔字：王丽闽和冷锁江耍朋友！

这下可炸了锅，或者叫舆论哗然。"耍朋友"是当地话，意思即谈恋爱。本来十七八岁的年纪，正是情窦初开日日怀春的年纪。 但在那个年代，谈恋爱相当于耍流氓，相当于二流子，所有的孩子都自觉地将其划入坏人坏事的范畴。

以前黑板上也经常出现淘气同学的涂鸦，连青枫也被同学们恶搞过。 但王丽闽不一样，她是公主，是孩子们的老大。 谁竟敢造公主的谣？ 最最重要的是，竟敢把她和冷锁江扯到一起（而不是和师长的儿子或者师政委的儿子）。 冷锁江是谁？ 是他们团里一个刚从农村出来的男生，高一才转学的，父亲是一个营的副营长。 这是完全不可能的。 这个恶搞包含了双重的恶意。 所以对王丽闽来说，黑板上的这句话相当于"反标"（反动标语），属于恶毒攻击。 她怒不可遏，据说她们班下午的课都没上好，乱哄哄的。

青枫听到这个事情时，已是黄昏。 毕竟她们不在一个班，青枫又是总缩在教室角落看书的人。 傍晚她正在家里帮母亲做饭，幺妹跑来叫她，眼睛红红的像是哭过，她说你赶快去王丽闽家吧，她有重要事情找你。 青枫问怎么了，幺妹眼圈儿里泪水打转，说丽闽生气了，有人造她的谣，说她和冷锁江耍朋友。 青枫很意外，竟然有人敢造王丽闽的谣？ 但感觉此事和自己无关，不想去。 幺妹一定要她去。 你去吧，你不去她会骂我。 青枫只好去了。

去了才知道，那个在黑板上写"反标"的人很快被查出来了。 因为王丽闽愤怒不已，闹到她们班上不了课，老师无奈，只好说要在全班查对笔迹。 这一来，班上一个男生站出来承认了，说是自己写的。 王丽闽立即审问那个男生从哪儿听说的。 男生说是听团里几个女生说的。 至于是哪个女生，男生坚决不肯说了，王丽闽没辙了，就通知团里所有女生放学后到她家，她要一一审问。

王丽闽家住在另一栋楼的二楼上，青枫从来没去过。 她家占了两套房子，有四间。 不仅如此，青枫还常常看到王丽闽的母亲坐着绿色吉普车去买米买面（而青枫她们只能背着背篓去）。 所以在那个时候的青枫眼里，团长是很大很大的官儿。

因为有四间屋子，王丽闽便有自己的闺房。 青枫进到她家，发现屋里好几个女孩儿，都是本团的。 女孩子们被一个个叫进闺房，没叫到的孩子就坐在外面等。 无论是从房间里走出来的，还是等在外面的，女孩儿的眼里都是惊恐。

轮到青枫走进去时，见王丽闽坐在床上，靠着床边的书桌，让她坐在她对面的小凳子上，有点儿居高临下的气势。青枫又害怕又生气。 害怕占了主导。 这场面，令她想起小时候陪母亲去开批斗会的情形，那是"文革"开始的第一年，她才八岁。 她心里的阴影迅速扩大，黑云压城，不由得打了个冷战。

王丽闽语气和蔼，但表情严肃。 她说，岳青枫，你知道我为什么叫你来吗？ 今天有人在黑板上造我的谣，说我和冷锁江耍朋友。 我问你，这话是不是你说的？

青枫连连摇头，我没说，我不知道，我也是刚刚才听说的。

王丽闽冷笑道，别不承认了，张襄林（那个始作俑者）说了，就是我们团的女生说的。

青枫说，不是我。

王丽闽说，不是你说的是谁说的？ 我就知道你一直讨厌我。

青枫连忙摇头。

王丽闽又说，你就承认了吧，承认了就没事了。 我就是想知道干吗要这样说。 我又不会把你怎么样。

青枫依旧摇头，不语。

王丽闽生气了：为什么要造我的谣？ 说我和冷锁江耍朋友？ 我怎么可能和他耍朋友？ 简直胡说八道！ 青枫你说，可不可能？ 我怎么会跟他耍朋友？！

青枫听出来了，王丽闽不是生气人家说她耍朋友，而是生气人家说的耍朋友的对象。 事后回想起来，王丽闽是想从青枫这里得到坚决的否认，说冷锁江配不上她，根本配不上，那都是胡说八道。 也许青枫这样说了，她会好受一点儿，或者，就可以排除嫌疑。 可当时的青枫哪里懂这些人情世故？ 她只会沉默。

王丽闽说，我再问你一次，是不是你说的？

青枫说，不是。 我没说。

青枫忍着眼泪。 她不想在王丽闽面前掉眼泪。 但是身子已经开始微微打战。

过了好一会儿，王丽闽说，算了，你走吧。

青枫这才得以回家。

如果事情到此结束，青枫也许生一下气就过去了。

七

　　幺妹的饺子大获成功，无论是荤馅儿还是素馅儿，都被大家交口称赞，也许对美味的赞扬是最搞不得假的，味蕾和话语来自同一个地方。　四个中老年居然也吃了两大锅。

　　幺妹的老公是吃饭的时候回来的，他虽然退休了，每天也不着家，据幺妹抱怨，参加各种社会活动，跟上班一样早出晚归，时常不在家吃饭。　今天是因为有客人才按时回来的。　老公按北方人的习惯，给她们一人来了头大蒜，王丽闽居然没有推辞，倒是青枫婉拒了。　她不是不喜欢，是考虑到在别人家做客不妥。　但幺妹和王丽闽都毫无顾忌地大嚼蒜头，那一刻让青枫感觉，她们才更亲近。　且不说都是北方人，她们才是一起长大的发小。　幺妹说她五岁就认识王丽闽了，青枫是十二岁才走进她们的生活的，十二岁之前，她们与她有着截然不同的生活。

　　青枫努力让自己放松，不去想往事。　不就是吃一顿饭吗？　她想。　吃完就了了。　她夸赞说，幺妹，你的饺子快赶上你妈的水平了。

　　幺妹说，那还是赶不上，我妈还会西红柿牛肉馅儿、虾仁玉米馅儿，我就是白菜韭菜两个主打。

青枫说，那也很不错了，不像我，我在厨艺上完全是菜鸟，我妈那些手艺在我这儿全失传了。

王丽闽插嘴说，你的手是拿笔的，不是炒菜的。你从小就和我们不一样。

青枫立即住嘴。王丽闽一开口，就让她意识到还有一团不堪的往事蛊在她身边，死盯着她。她的心又缩起来，整个人像猫面临攻击那样耸起了脊背，那是外人看不出的一种状态。这样的状态青枫从小就有，进入中年后慢慢松弛了，但还是会时不时地突耸一下。

饭后幺妹老公去收拾厨房，让三个女人聊天。

仿佛和少女时代一样，王丽闽很自然地成了中心。她谈起她出国的见闻滔滔不绝，笑声不断。原来，眼睛出问题后，她并没有老老实实待家里，而是制订了一系列的出游计划，一年内，国内两次国外两次。这个，是幺妹和青枫都望尘莫及的。青枫暗地里有些佩服。看来 not care（不在乎）有时候也是个不错的状态。

当说到她在意大利街头一把抓住偷她钱包的吉普赛女郎时，青枫也忍不住赞叹了：你好厉害。

王丽闽嘿嘿一笑：居然偷到我头上了。她也不想想我是谁，我可是中国人民解放军的一名老兵！她撞了我一下，我迅速反应过来，一把拽住了她。

幺妹大笑，带着些讨好的意味说，丽闽你太牛了，你小时候就敢和男生打架的。

王丽闽接着说，我们那个导游把警察叫过来，导游再次问我，你确定钱包在她身上？ 如果警察搜了不在她身上可就麻烦了。 我说，确定，就在她身上。 那个吉普赛女郎没办法了，只好从胸口把钱包掏出来扔给我。 哈哈，太爽了。我们全团的人都为我鼓掌。

青枫完全能想象出那个场面。 王丽闽肯定是果断的，毫不手软的，她从来如此。 如果换作自己，会纠结，会迟疑，会忍气吞声。

在王丽闽连比带画的过程中，幺妹注意到了她手腕上的木头串，好奇地问，你怎么也戴这个？ 这不是男人戴的吗？王丽闽说，哪里呀，你不懂，我这个是菩提子，是在少林寺加持过的，大法师开过光的。 跟着她又从衣服领里拽出一个项链，上面挂着一个佛像，伸给幺妹看：这个，是我去台湾的时候，在台北龙山寺请回来的。 这两样我到哪儿都戴着，是我的护身符。

幺妹看不出所以然，就放弃了这个话题，问起了王丽闽的母亲：孟阿姨挺好的吧？ 我挺想她的。 王丽闽说，还行，就那样。 不知怎么，她们俩互相说起母亲时，青枫脑海里马上浮现出她们小时候的样子，一个瘦小胆怯，一个高大骄傲。 虽然几十年过去了，坐在一起，对应的关系依然还是那个状态。

谈起家人，她们很自然地进入了往事。 她们才是发小，是一起长大的姊妹。 说起这个同学，那个同学，这个阿姨，那个叔叔，丝丝缕缕，盘根错节，无穷无尽。青枫一直默默地做着旁听生，偶尔被问到的时候，咴一声或点个头。

旁听的时候，青枫又注意到了王丽闽的白发，她的白发不是从根部开始白的，而是整根整根地掺杂在黑发中，令她的头顶呈现出灰白色。这表明她从来没染过头发。染过头发的人，往往齐崭崭地从根部白起，十分扎眼。青枫自己是要染发的，也曾下决心不染，但白发冒出占领头顶时，人立即老了十岁，连精气神儿也跟着苍白了。青枫暗想，在这点上，她还真是有点儿佩服她，依然那么满不在乎。也算是她的过人之处了。或许，她们若在成年相识，也能成为朋友？

约一个小时后，青枫终于撑不住了，她说，那个，我想先回去了，你们接着聊吧。

幺妹马上明白了，笑说，是不是惦记你家贝贝了？

青枫说，可不是，下午三点多就出来了，小家伙还没吃饭。

狗狗是她晚饭后提早回家的常用借口。幺妹看样子是想继续和王丽闽聊天，便主动帮她说出了这个借口，没有挽留她。

哪知王丽闽站起来说，我跟你一起走吧，我也该回去了。

八

在青枫和幺妹无数次的聊天中，仅有一次，她们谈到了冷锁江，谈到了那件事。 是幺妹先提起的，也许这事在她心里也是个疙瘩。 她不在现场，反倒是她妈妈在现场。

因为青枫总是回避那个名字，幺妹就用了一个字来指代。 她说：我听我妈说，那个冷，当时没有动手。

青枫点头。

是后来打的吗？

青枫摇头。

那，是欺负你了？

青枫明白这个欺负的意思，是男人对女人的欺负。 调戏、猥亵，甚至性侵。

青枫更加坚决地摇头：当然没有。

幺妹感到不解了，非常不解：那你干吗那么恨他？

青枫看着幺妹，眼里也是不解：我为什么不恨他？ 他那样伤害我。

幺妹疑惑了。 没有打，也没有欺负，那是怎样的一种伤害呢？

青枫说，是羞辱，羞辱！

幺妹很茫然，眼神里流露出完全搞不懂的木讷。 那样的木讷让青枫难受。 青枫绝望地说，咱们不谈这个好吗？

她再次感到，她没法和幺妹谈这个话题。完全没法谈。

四十年前的那个夜晚又一次涌入她的脑海，又一次被她死死按下去。整个事情的发生其实很短暂，也许就十分钟，但接下来的青枫，在黑暗中度过了漫长的一夜，再接下来，又度过了漫长的没有血色的青春期。

事情就发生在她们高中毕业的那个夏天，或者说，就发生在她和幺妹被王丽闽审问后不久。两件事大概相隔了半个月。高中毕业后青枫成了待业青年，姐姐已于一年前下乡了，她根据当时的政策留在家里。可是除了帮妈妈做点儿家务，没有任何能打发光阴的事。班上的同学有一半准备下乡去，有一半打算当兵去，只有她没有方向，没有朋友，没有书籍。什么都没有。

那个时候父亲所在的部队，已经将铁路修到了靠近小镇的地方，工地距离小镇只有一个小时车程了。于是父亲和其他叔叔们，可以每个周末都回家了。

那天显然不是周末。吃过晚饭，青枫百无聊赖地坐在家门口，听母亲和阿姨们闲聊。闷热的夏日傍晚，一点儿风也没有。青枫有一下没一下地摇着蒲扇，耳朵里听着阿姨们说话，眼神却是涣散的。

忽然，楼梯口出现了一个男青年，他气冲冲的，身子前倾地快步走过来，径直走到青枫家门前，凶巴巴地说，岳青枫，我有事问你！

青枫莫名其妙，母亲也很紧张。那个时候的母亲，对谁都小心翼翼的，她连忙把他让进屋，请他坐，还让青枫给他倒水。 原本一起聊天的几个阿姨，包括么妹的妈妈孙阿姨，感觉有些不对劲儿，也在门口张望。

这个人，青枫和妈妈都认识，他就是冷锁江。 因为高一才从老家转学过来，所以他出现在家属院比青枫还迟，加之他们家住在另一栋楼，青枫平日里和他没有交往。 后来见过几次，还是因为母亲，母亲是家属委员会的学习委员，管着几份报纸。 冷锁江提出他也要看报纸，母亲就时常让青枫给他送报纸去。 母亲还在青枫面前夸过他，说一个中学生，就这么关心国家大事。 但青枫每次给他送报纸去，他都很冷淡，从来没说过一句谢谢。 青枫不知道他的冷淡源于什么，不过也没介意，她从小习惯了被人冷淡。

冷锁江进屋后，并不坐下，而是冲到青枫面前恶狠狠地说，是不是你造的谣，说我和王丽闽耍朋友？！

青枫一听又是这事，低声而坚决地说：我没说过。

冷锁江完全不信，一步步往前逼，直到把青枫逼到墙角。 青枫的背紧紧抵着墙壁，内心缩成一团，强忍眼泪，一言不发。 冷锁江把一只手撑在墙上，一张脸几乎贴近了青枫，恶狠狠地吼道：你不要抵赖！ 有人告诉我了，就是你说的！ 我就知道是你说的！

青枫感觉到他的唾沫已经喷到了自己的脸上。 她快要顶不住了，要崩溃了，想大哭了。 唾沫星子刺痛了她，针扎一样，每一点都很痛，整个脸庞要烧起来了。 但她依然坚定而又小声地回答：我没说。 我不知道。

冷锁江继续吼道：就是你！ 我知道就是你说的！ 你有什么了不起的？ 成绩好就可以瞧不起人吗？ 你把我当成什么了？ 竟敢造我的谣？ 看老子不揍死你！

说着，他扬起了拳头，这时母亲在一旁按捺不住大喊了起来：你干什么？ 不要打人！

母亲的喊声把阿姨们唤进了房间，王阿姨、杨阿姨、陈阿姨、孙阿姨，都围了上来，七嘴八舌地：别这样，孩子。 有话好好说。 怎么了？ 有什么误会吧？ 青枫可是个老实孩子。

冷锁江终于放下了拳头，他呼哧呼哧喘了会儿气，退后一步，然后转身走了。 但走到门口又转身过来，恶狠狠地说：老子不会放过你的！ 走着瞧！ 饶不了你！

然后掉头走了。

前后，大约十分钟。

等冷锁江下楼的脚步声消失后，母亲扑上来抱住了青枫，浑身打战，痛哭不已。 青枫挣脱了母亲，取下毛巾用力地擦自己的脸，恨不能把脸上的皮肤擦掉一层。 之后，她破天荒地跑去了幺妹家，进门就大哭。 幺妹吓坏了，上来抱住她问她怎么了。 青枫只是哭，哭得喘不上气。 幺妹的母亲走了进来，告诉幺妹刚才发生了什么。 幺妹愣了一会儿，开始陪着青枫哭。 两个少女，在夏天的夜晚，尽情哭着，像两片被大雨淋透的树叶。

是夜，青枫生平头一次失眠，失眠又是因为生平头一次胃疼，疼得她缩成一团，好像有什么东西在她胃里乱撞。后来她在一本小说里看到了这样的句子：母亲气得心口疼。她才知道生气是会让心口疼的，看来那晚上她也是被气得心口疼，而不是胃疼。

她不想惊动母亲，忍着疼。脑海里反反复复地出现几小时前发生的那一幕：他冲进来，他把她逼到墙角，把脸紧凑在她脸前，唾沫星子溅到她脸上，不过，他除了"老子"几乎没说什么脏话。但他的举止已深深地刺痛了她，是心痛，被当众羞辱的心痛，痛入骨髓。

为什么？为什么？为什么？

她在暗夜里反反复复想的，就是这三个字。

不料，事情还没结束。第二天，冷锁江再次找上门来，要打人。

幸好，青枫的母亲预料到了这一点，第二天天不亮，就带着青枫坐长途车去了父亲的部队。

父亲听了事情的经过，略微沉吟了一下，拉过青枫小声问：真的不是你说的？青枫还来不及回答，母亲在一旁就发作了，母亲大声道：就算是她说的又怎么样？是犯了死罪了吗？这事若放在其他孩子身上他们敢吗？！

母亲说到最后，声音已经哽咽。

青枫用力摇头对父亲说，不是我，真的不是我。

说完也放声哭了出来。

父亲站起来，一脸凝重地去了团长办公室，他把整件事情告诉了团长。 父亲情绪激动地说，我来团里五年多了，除了工作，没向团领导提过任何要求。 现在，我请求团领导保护我的孩子。

团长愕然，他常年不在家，对自己的女儿已不甚了解了。 他让父亲放心，说一定会教训那两个孩子的。 哪知父亲刚回到宿舍，王丽闽和冷锁江就赶到了，他们居然追到了部队。

团长大怒，叫警卫班的战士将二人拖走，塞进车里，送回小镇。

青枫和母亲，就此在父亲的部队住了下来。 她无论如何没想到，自己会以这样的方式，离开小镇。

九

王丽闽提出要跟青枫一起走，青枫本能地拒绝。

别别，你们接着聊，幺妹也好不容易跟你见面。

王丽闽却说出了非常过硬的理由：我也不能太晚，明天要早起呢。 然后又对青枫说，你正好送我一段，免得我一个瞎子上错车了。

青枫很懊恼，不能拒绝，又不情愿。 王丽闽还是跟小时候那么强势，现在还有了菩萨做靠山。 她只好说，我坐地铁，你呢？

王丽闽说，我也可以坐地铁。你住哪儿？

青枫说，我在四惠东那边。

王丽闽说，哈，正好，我们可以同行一段，我在西单下，再打个车十分钟就到宾馆了。

这么合情合理的同行，青枫实在无话可说了。

么妹看出了青枫的勉强，试探着跟王丽闽说，要不，我让我儿子开车过来，送你回去吧。你一个人行吗？黑灯瞎火的。

王丽闽说，放心吧，别忘了咱是当过兵的。

青枫想，好吧好吧，该来的就来吧。也许，王丽闽是想再次向她表示歉意？再次认个错？随她吧，接招就是了。也许她现在真的不再是公主了，而是一个随时合十的老妪。

这世上的事，谁能掐准？比如她种的三角梅，去年开出的花是紫色的，并且像绣球一样簇拥成一团；今年却开出了淡粉色的花，且是单瓣儿，以至于让人对那句著名的诗"年年岁岁花相似，岁岁年年人不同"产生了怀疑。又比如，老话总说，做了恶事会被雷劈，遭报应的。可是前不久，一个西方男人被雷劈后，却变成了女人，皮肤变嫩，乳房变大；还有个农村女人被雷劈后，醒来就会说英语了。报应的含义也这么没谱了吗？如此说来，一个曾经对一切都不在乎的公主，一个曾经刁蛮不讲理的女人，如今也开始修行了，不是没有可能。

青枫默默地跟在王丽闽身边，走向地铁。她有点儿无措，不知道是该扶着王丽闽，还是不扶。没想到王丽闽主动抓住了她的胳膊，笑呵呵地说，我抓着你心里踏实点儿。

因为身体的接触，两人靠得很近，青枫浑身不自在。即使和幺妹一起走，她们也是互相不挨的。她大概要说什么了吧？青枫既期待，又害怕。她能说什么，说对不起吗？她若说了对不起，自己会回答没关系吗？

王丽闽果然开口了，上来就说，青枫别生气了，那件事，就是小时候那件事，是我不好，瞎胡闹。

她为什么老是把这件事定性为小时候的胡闹？青枫不语。胡闹是可轻可重的。那样的审讯，审讯之后的兴师问罪，在青枫看来，绝不是孩子的瞎胡闹。即使在他们那里是胡闹，在青枫这里不是。

青枫不说话。她不想说"没关系"，也不想说"已经过去了"，更不想说"我没生气"。她压根儿就不想和她交流，只想赶快分道扬镳，回到从前的生活。

王丽闽说，其实是我误会你了，青枫。我和你一起走，就是想告诉你这个的。刚才在幺妹家不好说。

青枫不明白她指的误会是什么，继续沉默。

王丽闽说，前年我不是去参加同学会了吗？遇到张襄林了。

哪个张襄林？

就是当年在黑板上写我坏话那个男生，你忘了？

青枫不是忘了，而是从来不记得那个男生的名字。虽然他是始作俑者，在青枫这里却是最次要的角色。 张襄林可能写，李襄林也可能写。 他们写的时候，绝不会想到后面发生的事。

王丽闽说，闲聊的时候，张襄林问你怎么没参加聚会。我说青枫还生我气呢。 张襄林居然问我你为什么生气。 我说你忘了？ 那个时候在黑板上写我的坏话。 我问你听谁说的，你说是听我们团女生说的。 结果我查出来是岳青枫说的，就让冷锁江去教训了她，她特别生气，后来一直不理我。 张襄林大吃一惊：怎么会这样？ 不是这样的，我没听岳青枫说过，是我自己胡乱写的。 那个时候看你那么骄傲，就想气气你，随手写了。 我也很吃惊，问他为什么偏偏是冷锁江？ 张襄林说，其他男生我不敢呀，个个都那么牛。 我又问他，那你当时为什么说是听我们团女生说的？ 他说我看你生那么大气，吓到了，就胡诌了一句。 天哪，我这才知道我冤枉了你，青枫，原来不是你说的。

青枫一路听下来，终于明白王丽闽说的误会是什么。 张襄林随口说，是团里的女生告诉他的，她就安到了她头上。可是，这很重要吗？ 正如母亲说的，就算是她说的，是犯了死罪吗？ 看来王丽闽向她认错，是因为"误会"，误认为青枫造了她的谣，而不是后来的所作所为。

王丽闽继续说，我真的以为是你说的，你一直不爱跟我玩儿。 我认为你成绩好瞧不起我。 所以人家告诉我是你说的，我特别信。

青枫终于开口问，哪个"人家"跟你说的？

王丽闽说，嗯，就是，你别生气哈，告诉我的那个人，就是幺妹。

青枫站住了：不可能。

王丽闽拽了一下她，又往前走：我知道你不会信，但真的是她说的。因为是她说的我才特别信，我想你们俩好啊，你什么都跟她说。当然，我起先就怀疑你，你不承认，后来我又找幺妹问，问了她好几次，到底是不是岳青枫说的。她终于承认了，说就是你说的。那我肯定相信她的话。

青枫的心脏突突突地跳，干涸的左心室被来路不明的热血攻入，她有些承受不了这样的进攻，两腿发软。

她傻掉了。不是愤怒，也不是绝望，就是发傻。

夜晚的地铁没了白天的拥挤，多了几分温馨。不多不少的乘客散落在车厢各处，看着手机，或者像青枫一样发呆。报站的声音一次次响起，传达出老故事的气息。青枫专心地听着车轮与铁轨摩擦的声音。摩擦也会发出那么响的声音。她真希望那个声音能覆盖掉王丽闽。

青枫忽然想起一个细节，就在那件事发生不久之后，她和幺妹一起去院子里的公共厕所。隔着一堵墙各自蹲着。幺妹忽然没头没脑地说，青枫我对不起你，我没想到会那样。青枫没明白，站起来一边提裤子一边问，怎么了？幺妹也站起来提裤子，却没有回答。这时有人进来了，幺妹说，我要走了，不能和你玩儿了。两个少女就隔着墙，说了些道别的话，因为幺妹的父亲转业，她全家要回山东了。

也许那个时候，幺妹说的就是这件事？

王丽闽继续在絮叨：幺妹说是你，我当时就相信了，特别生气，真的，特别生气，我就去告诉冷锁江了，让他教训一下你。冷锁江也特别生气，因为男生看到标语就嘲笑他，说他癞蛤蟆想吃天鹅肉，他其实是个特别要强的人。他就跑去找你，想教训一下你。后来他告诉我，他没打你。我就骂他无能。他更生气了，第二天又跑去找你。结果你和你妈去团里找你爸去了。我就跟他说那咱们也去，到团里更好，我爸管着她爸呢。唉，我当时真是特不懂事，罪过罪过。

青枫继续被耳边的声音蹂躏着。如果说地铁的声音是噪声，那么王丽闽的声音就是消声器。四周变得寂静无声，让她感觉透不过气来。往事从来就不如烟，如雾霾。雾霾笼罩着她，让她恨不能大叫一声。她只好一次次深呼吸，深呼吸。

今天我来见你，就是想把这件事告诉你。王丽闽还在她耳边絮叨：

现在我们都老了，身体也不好，冷锁江比我更不好，两年前中风了，偏瘫在床。你就别生我们的气了，也别生幺妹的气，她肯定也没想到后来会发生那样的事。

其实你认真想想也没啥，都过去了，佛祖说一切皆空，真的，我们把一切看开就好了，真的是一切皆空。我现在每天都要念一遍《心经》，我都会背了："色不异空，空不异色，色即是空，空即是色，受想行识，亦复如是。"

青枫你要看开点儿，别老想以前的事。要往前看，这样心情才好。你要学会放下。你这个人就是心重，小时候就心重。这样活着太累。你看我，什么都想得开。

轰隆隆。轰隆隆。

十

春天的夜其实并不温柔，暗藏着寒气。倒春寒其实是倒冬寒，往冬天里倒过去。青枫裹了裹身上的风衣，快步进入幺妹她家的小区。

刚才，下地铁后，她犹豫了片刻，就重新上了相反方向的车，又回到了出发的站台，那是去往幺妹家的站台。她实在是按捺不住，要当面去问问幺妹：王丽闽说的是真的吗？是真的吗？当年真的是你告诉她是我吗？为什么？为什么？

王丽闽刚才一再指点她，要她看开些，那语气仿佛是大法师面对佛教徒。有趣的是，她原本是个来道歉的人，临了，却居高临下地批评起青枫来了：你这样执念很不好，对身体也不好。我们都应该放下。什么都是空的呀，四大皆空，什么情啊爱啊的都不存在。

青枫始终不语。如果要说出来，那就是她现在比任何时候都执着，不是执着于往事，而是执着于真相。她渴望弄清真相。更何况，就她所知，《心经》里所说的"空"，并非王丽闽所说的"空"。"空"不是什么都没有，不是。空只是不确定，世间的万物都处在不确定的变化中，一个人分分钟都在变化，细胞死去，人衰老，江河分分钟都流淌着不一样的水，所以才不能踏入同一条河流。

但青枫无意与她探讨。过去不想，现在更不想。

走到幺妹家那栋楼的楼下，她站住了。那么熟悉的楼，熟悉到像是她的第二个家，这里曾带给她许许多多的温暖。今晚，却变了。人不能两次踏入同一条河流，也不能两次踏入同一个家？她抬起头，看着五楼左边幺妹家的窗户，客厅的灯还亮着，厨房也亮着，那种光亮让她想起了四十年前，她们做邻居的时候。也许幺妹还在收拾那一片狼藉，还在洗碗，还在拖地，还在把没煮完的饺子冻到冰箱里，与此同时，还在和老公聊着她们小时候的事。她这么返回，去质问，幺妹一定会大吃一惊的，血压升高也未可知。

青枫的勇气瞬间消失。

一个老头路过她身边，看了她好几眼。也许他以为她想问路。这么晚在楼下转悠，的确有些异样。青枫只好转身往外走。走到门口，又停住了。小区门旁有一片绿地，里面有几样健身器材，还有个花台。夜晚空无一人。她走进去坐在花台上，拿出手机，拨通了幺妹的电话。

是幺妹老公接的，马上把电话转给了幺妹。

幺妹笑盈盈地说，你到家了？

青枫说，嗯。 到家了。

幺妹说，挺快的嘛。 刚才王丽闽打电话来，她刚到宾馆呢。

青枫说，幺妹，王丽闽刚才告诉我，当年是你告诉她，那个谣是我造的，就是她和冷锁江。 不可能吧？ 是她撒谎吧？

青枫也不知怎么，突然就说出口了，那么不婉转，直统统的。 她知道她不快速说出来，勇气马上就会消失。

幺妹略微怔了一下，回答道：是我。 我记得我跟你说过呀。 怎么又突然想起这事了？

语气里没有意外，也没有抱歉。

青枫问，为什么？（为什么是你？ 为什么你不抱歉？）

幺妹说，嗨，那个时候丽闽老审问个没完，一会儿叫我去她家，一会儿又来我家。 害得我挨我妈的骂。 我想看来非得说出个人，她才会罢休，我就说了你。

为什么是我？

幺妹说，我当时觉得吧，我们女生里只有你不怕她。 你敢不理她，不跟她玩儿。 其他女生都怕她。 可是我根本没想到她会让冷锁江来打你。 我以为她最多就是不理你嘛。真的，后来的事情我完全没想到。 我要是想到了，打死也不会说是你的。

幺妹的语气，是那么的理所当然，那么轻松，和以往跟她聊天没什么两样。青枫彻底傻了，不是绝望，也不是愤怒，就是傻。

她默默地关了手机，独坐在黑暗中的花台上。

脑子很乱。整理一下吧。

四十年前，一个恶搞的标语，惹怒了王丽闽，王丽闽有充足的理由生气，乃至愤怒。因为她觉得她被捉弄了，一个高高在上的公主，竟被说成和一个各方面都不及她的男生谈恋爱，难道她没人追求吗？要下嫁给一个农村青年吗？她当然生气。那么冷锁江呢？他原本自卑本分地躲在角落里过自己的日子，却忽然被扯进了这样一个绯闻中，更要命的是，他在这个绯闻里的标签是"下等人"，是"癞蛤蟆"，他当然更有理由愤怒了，作为男人的自尊心严重受损。那么，么妹呢，也就是姚梅呢？她历来胆小怕事，父亲是个小官儿，自己呢，既不是漂亮的公主，也不是被老师宠爱的优秀生，面对公主的逼迫，她有什么办法？她出卖青枫，不，诬陷青枫，并不是真的要害她，仅仅是因为她觉得青枫能够和王丽闽抗衡。她认为这样的事伤害不了青枫，她把青枫想得很强大。所以，她也是无辜的。至于张襄林，一个十七岁的男生，搞了这么一个无心的恶作剧，哪里能料到事情会发展到那个程度？他更是无辜的。（而且据么妹刚才补充，张襄林的确是看到王丽闽和冷锁江在一起过，才那样写的。）

事件中的四个人，都有被原谅的理由。

如此，青枫是不该生气的，是没道理生气的。

　　而且，这么梳理了一通下来，青枫好像真的没有以前那么生气了。这件事不再是一个碰不得的伤口了。不但可以碰，还被彻底翻搅了一通，搅到她没了感觉。也许真的像王丽闽说的，他们都老了，身体很差，一个已经偏瘫，一个面临失明，又何必纠缠在四十年前的一件往事上呢？至于幺妹，她那么喜欢她，把她当姐姐，虽然她只是比她小两个月，她信任她，依赖她。对这样一个几十年的闺蜜，青枫难道不该护着她包容她吗？

　　青枫站起来，最后看了一眼五楼的窗户。厨房的灯灭了，客厅灯随后也灭了。他们要睡了。今晚，幺妹会感到不安吗？不会吧？如果有，也是对青枫的不快。她刚才已经略微有些埋怨地说了青枫：青枫你干吗老放不下那件事啊？你现在不挺好的吗？比他俩都好，比我也好，好多人羡慕你呢，就别再为过去的事情生气了，好好过日子嘛。

　　老了，就应该抹去过去的一切吗？青枫默默走出幺妹家的小区，重新进入车轮和铁轨的摩擦中。回到家后，心绪依然不宁。丈夫出差在外，她无人可说。不过想了想，丈夫在，她也不愿意多说。这是她自己的往事，远得就像上辈子。

　　真的每个人都可以原谅吗？每个人都被原谅后，往事真的就可以消解了吗？真的就可以和现在截然断开了吗？

　　如同四十年前那个夜晚，她又醒到天亮。天亮时，她终于厘清了自己的思绪，做出决定，她不原谅，不放下，不抹去。 她要把这件事继续深埋在心里，继续让自己憋屈着，难受着，成为一种隐疾。 她要让心里的这块疤痕伴随一生。

她不原谅，但这个"不原谅"不是仇恨。 她不恨他们。她不原谅只是为了把自己和过去捆绑在一起，不让自己与过去脱钩。 如此，她不原谅的不是他们，而是那个年代。

一旦决定，心里就舒坦了。

拉开窗帘，天竟然放晴了，是雨后那种清爽的晴朗。 亮晃晃的阳光铺进来，照着她一阳台的花草。

她关掉手机，拔了座机，然后拉开被子，在明晃晃的天光里，倒头睡下。

2016 年 3 月中旬起笔

4 月 20 日完稿

5 月初修改

一

那个晚上有什么特别的吗？ 马骁驭回忆过好几次。 仲春，下雨。 似乎就这么两点可说的，其他一切平常。

他躺在舒适的床上，翻来覆去睡不着，莫名其妙地。 有那么一会儿，他感觉自己睡着了，迷迷糊糊中似乎还飘了几缕梦影，但很快又意识到其实是醒着的，好像某根筋被谁拽着，不让他进入梦乡。

细思这一向并没什么烦心事，工作也还顺利，本该倒头大睡才是，怎么会失眠呢？ 想起最近看到的一个资料说，脑萎缩的其中一个特征就是失眠。 马骁驭不禁哑然苦笑，自己才四十出头，不至于吧？ 而且，没成家没生子的，革命尚未成功，没道理萎缩。 按联合国的标准，他还没到中年呢，还在青年的尾巴上。

应该是偶尔失眠，无须乱想。 马骁驭拉开灯，打算找安定出来吃上半粒。 原先他对安定很抗拒，后来听说他们学校一位九十多岁的老教授，一直是靠安定入睡的，好好的，既没糊涂也没痴呆，他也不再抗拒了，备了一小盒在床头。

窗外传来渐渐沥沥的雨声，那种暗夜里无边的响动，更让夜晚显得万籁俱寂。无论白天有多少烦乱，多少不公，多少悲欢，夜晚总是这样宁静，让醒着的人，很容易触到内心深处最敏感的神经。

听见他开灯拉抽屉，老贝闻声从床下窸窸窣窣地钻了出来，抖抖毛，定定地看着他，似乎有几分不解。老贝是母亲养的小狗，母亲走后就跟了他。十一年，在狗界已经是高寿了，但在马骁驭这里依然像个小孩儿。老贝最怕下雨，平时睡在马骁驭床边的沙发上，一到下雨就钻到床下去了，为此马骁驭在床下为它铺了个垫子。

马骁驭去客厅倒水，老贝也小跑着跟上，紧撑着他脚后跟，生怕跟丢了。爪子在木地板上发出窸窸窣窣的响声。这是他和老贝共同的家。马骁驭吃了安定，站在窗前发了一会儿呆，雨哗啦啦地发出响声。春天竟然会下那么大的雨，让人有些惊骇。

他回到床边。顺手拿起手机看了一眼，啊，竟有五个未接电话！

难怪他睡不着。看来人和手机也是有感应的，即使是静音也能唤醒他。他连忙打开看，哦，不是老爸，还好。是他的大学同学吴秋明。五个未接电话都是吴秋明的。再看时间，最后一个电话是一点十分打的，差不多就是他起来吃安定的那一刻。

怎么回事，半夜三更给他打电话？莫非前两天会议上的偶遇，又让她想入非非了吗？ 想找他煲电话粥吗？ 想到这一点不免有些烦躁。 他不想给自己找麻烦。

正想着，电话再次响起，因为取消了静音，铃声大作，即使有哗哗的雨声也很刺耳，屏幕上跳出吴秋明三个字，一声，两声，三声。 马骁驭纠结着，要不要假装依然在熟睡中没听见？ 这一接，会不会给自己带来麻烦？

但他终于还是接了起来。

一个陌生女人的声音，请问你是马……那个马先生吗？

马骁驭说：我是。

他估计女人念不出"骁驭"两个字，只好叫他马先生了。

我是二医院急诊室，有位女士昏倒在这里。 可能是你的家人，你能不能过来一下？

虽然现在电话骗局多多，但马骁驭凭直觉，相信对方真的是医院。 他只是本能地求证了一下：嗯，这个电话是我同学吴秋明的，是她昏倒在你们医院了吗？

对方说，我不知道她的名字，她一个人来医院的，到急诊室就昏倒了。 医生正在抢救，我在她手机里翻到几个电话都打不通，就你的通了，你赶紧过来一下吧。 是市二医院急诊室哈。

马骁驭只好说，好的，我马上过来。

马骁驭有点儿发蒙。 居然遇到这样的事。 虽然不是他想象中的麻烦，却是另一种麻烦。 他和吴秋明毕业后几乎没联系过，仅仅因为前些天开会遇见了，才互相留了电话。 也就是说，他的号码进驻吴秋明的手机不到十天，就派上了大用场。

吴秋明单身一人，他们班同学都知道，四十多岁的她始终单身。 她这个单身跟马骁驭不同，马骁驭是离婚独居，她是从来没结过婚。 独自一人，住在东郊的一个小区里，离市区、离她单位都很远（搞不懂她为什么选择那里）。 这个二医院是离她家比较近的一个医院了，估计是半夜发病，没有救兵可搬。

马骁驭的家离二医院颇远，即使夜里不堵车也得开二十多分钟吧。 但眼下别无选择，他只能去了。 虽然事情来得很莫名其妙，本能却指挥着他迅速穿上外衣，拿上车钥匙。

老贝依然黏着他的脚后跟，紧跟不舍，一直跟到了门口。 马骁驭蹲下来摸摸它的头说，你不能去，在家等我，外面在下雨。 可是老贝不肯，大概它从来没见主人半夜三更丢下它出去过，何况还是雨天，它很紧张，一个小跑，抢先蹲到门口挡住去路。

马骁驭只好把它拎起来，放回到沙发上，厉声道：不许跟着！

老贝可怜巴巴地站在沙发上，目送他出门。

地下车库安静得像悬疑片里的案发现场，昏黄的灯光下一辆辆轿车蛰伏在车库里一动不动，车主人们正在梦里神游。 马骁驭打亮自己的车，电子车门发出的叽叽声尖锐地刺破了固体般的宁静，他心里忽地涌起一浪悲伤，一年前他为了母亲曾夜半奔向医院，未到天亮，母亲就撒开他的手，离去了。 看着母亲平静的面庞，他当时竟有一种松口气的感觉，他想，妈妈终于不用再受痛苦的煎熬了。

可是他却把痛苦承接了过来，像得了后遗症似的，很长一段时间不敢去医院，看到医院的标志心口就发紧。 哪怕是亲友病了，他也找各种借口不去探视。 如同大地震之后的很长一段时间里，他都不能看到拆迁工地，一看到半倒塌的房屋心里就发慌、发闷。

今天只能去了。 他平静地坐上车，系好安全带，将车缓缓驶出车库，驶入雨夜。

二

马骁驭和吴秋明是大学同学。

二十多年前他们进了同一所大学，在同一个系同一个班。 但他们做同学时基本没什么交往，夸张一点儿地说，马骁驭都没正眼看过吴秋明。 不是马骁驭多么骄傲无礼，是实在顾不过来，总有一个接一个的美女遮挡住他的视线。 马骁驭在大学里是风云人物，班长、校篮球队队长、文学社社长，最重要的是，他很帅，帅而高，帅而聪明，帅而有教养，是女生们梦寐以求的白马王子，碰巧他还姓马。 可是吴秋明呢，是他们班九个女生里最不好看的那个，不仅长得不好看，左脸颊靠下巴的地方，还有一道伤疤。 这伤疤让她的嘴显得有点歪，把她划入了丑女子的阵营。

进入大四后，班上那几个还没女朋友的男生坐立不安了，即使是毕业后去向的迷茫也压不住青春的慌张。 可是男多女少，无法平均分配，更何况马骁驭这样的家伙还多吃多占。 于是其中一个男生，再三考虑后就去找吴秋明了。 他感觉他有九分的把握，就好像去他们村里那个冷清的供销社买牙膏，牙膏有点儿过期还有点儿脏，但大妈说，就剩这支了。 没有选择，牙膏孤零零的，也是急于让他买走的样子。这位男生早就注意到，吴秋明没有男友，她总是和班上另一个相貌平庸的女生一起，打开水、去食堂、上图书馆。 就在不久前，那个女生居然被政教系一个慌张的男生给拽走了。吴秋明便独自一人在校园里行走，用那个文雅的词来形容，就是孑然一身。

该男生在某一个晚自习时间，勇敢地前去求爱，他信心满满，甚至有点儿当救星的意思。 他在图书馆外的林荫道上拦住了吴秋明，直截了当地说，做我的女朋友好吗？

吴秋明看着他，面无表情，好像看着路边的悬铃木。 他以为她被意外惊呆了，于是重复了一遍刚才的话，声音还稍稍提高了一点儿。 这回吴秋明很清楚地回答了一个字，不。男生大为惊讶。 他以为吴秋明会羞怯、会感激、会不知所措，唯独没想到她会拒绝，而且拒绝得那么淡定。

Why（为什么）？ 男生忍不住冒出语气夸张的英语，还搭了一个耸肩的动作。

吴秋明用中文回答说，抱歉，我不喜欢你。

男生下不来台了，尴尬地讪笑道：没关系的，我们先做普通朋友，互相了解，增加友谊。好不好？

吴秋明依然说：不。我觉得没必要。

碰壁男从尴尬转为生气，拂袖而去，一个晚自习都在郁闷，都在想不通。他不明白吴秋明哪儿来的自信。当晚，他便在他们寝室的卧谈会上吐槽吴秋明（据说现在的大学生已经没有卧谈会了，晚上都各自玩手机或者iPad，或者用笔记本上网，互不交谈。光是这一点，就令马骁驭十分怀旧）。他吐槽时，自然是抹去了自己被拒的那一幕，只是假作旁观者的口吻说：靠，听说咱们班那个丑女子心气还高着呢，宣称非帅哥不找。

一说丑女子，男生们马上明白是指吴秋明，哗然了：不会吧？是没人要吧？故意给自己找台阶吧？就她那样还找帅哥？这不是跟自己过不去吗？肯定是看《简·爱》看出毛病了吧，还真以为有罗切斯特在等她啊。问题是她比简·爱难看多了。

舆论一边倒，让碰壁男心理平衡了一些。他冷笑道：我也是听说的，不信你们哪个去试试？肯定会遭拒。立即有个男生说：好，我去！为了满足你们的好奇心，本人出卖一回色相。不过，他又说，她要是答应了，你们得帮我解脱哈。

该男生已经有女友了，是高中同学，爹还是高干。他因此被班上男生戏称为"快婿"。快婿无聊生事，趁着女友不在身边，就去找吴秋明了。但事情的结果又一次出人意料，吴秋明也断然拒绝了快婿。理由依然很简单：抱歉，我不喜欢你。

快婿毕竟有点儿思想准备，于是追问道：那你能告诉我，你的理想男生是什么样子吗？吴秋明不说话，转身要走，快婿不甘心，追上去问：难道你是要找马骁驭那样的？

这话原本有些挑衅的意味，快婿预料吴秋明会生气，不理他。但吴秋明回头看了他一眼，冷冷地说：不可以吗？

快婿说：不不，当然可以。我的意思是，你也喜欢马骁驭？

吴秋明依然淡定地看着他说：喜欢，又怎么样？

然后转身就走了。其实吴秋明回答的都是反问句。但有时候反问句就是肯定句。何况快婿有了先入为主的看法。

这场风波后，班上的人都知道吴秋明暗恋马骁驭了。男生们在嘲讽了吴秋明之后，又开始起哄马骁驭，说马骁驭你真是老少通吃啊，美女丑女一网打尽啊。

马骁驭闻听此事，才去注意这个叫吴秋明的女生。当然，他肯定认识她，只是从未把她当女生好好看过。上课了，他看到她走进来，依然穿着件浅啡色的灯芯绒夹克，前面后面几乎差不多，微微低头，径直走向座位，如入无人之境。马骁驭特意查看了一下她的成绩，成绩不错，每次考试都能进入前三。 也许这就是传说中的书呆子吧。

马骁驭是个有教养的人，爹妈都是大学老师，他制止了几个男生的起哄，并说大家应该尊重吴秋明，不要拿这事取笑她。 每个人都有选择的自由。"亏你们还是学心理学的，怎么一点儿体恤他人的意识都没有？"他说这话时，心里是怀着怜悯的。 这么一个女孩子，一手牌只有一张主（年轻），但也和其他漂亮姑娘一样心怀高不可及的择偶标准，今后的日子一定会很辛苦的。

马骁驭的怜悯，肯定是有着优越感的怜悯。 从心理学上讲，怜悯本身就是从上向下的，或者说是置身事外的，同情才相对平等、彼此类似。 但对于吴秋明的处境，马骁驭哪里能感同身受？ 好在他还善良，还有体验别人痛苦的能力。

到毕业，马骁驭和吴秋明也没有正面"交锋"过。 马骁驭假装不知道，像对待其他同学一样对待吴秋明；吴秋明呢，好像也从来没说过喜欢马骁驭这样的话，照样一个人独来独往，悄无声息地进出教室，紧紧抿着略微有些歪的嘴唇，偶尔和马骁驭照面，也没有任何表示，不要说眉目含情，连笑意都没有。

就这样毕业了，各奔东西。

三

一开车上路，马骁驭发现雨挺大，比他在窗前听到的还要大。 大雨裹着风，在路灯下飘飘忽忽，是一个他似曾相识的雨夜。

已经很久没有在这样风雨交加的夜晚外出了。 这样的夜晚，会让马骁驭心情沉重，因为母亲去世的那个夜晚，也是这样的风雨交加。 他接到医院的电话，慌慌张张开车赶过去，一边开车一边通知父亲，虽然父母已离异多年。

脑袋发沉，不会是安定起作用了吧？ 真要命。 此刻本该躺在雨夜里呼呼大睡的，却驾着车在风雨中前行。 人的命运不知道在什么时候就突然拐弯儿了。 也许是在前两天那个会议上拐弯儿的？ 那天他怎么也没想到会遇见吴秋明……

马骁驭使劲儿揉脸，抓头皮，恨不能抽上一支烟。 雨刮器来回扫，前路还是一片迷茫，他瞪大了眼睛盯着。 幸好是夜里，街上车辆稀少。

忽然，一把不知从哪儿飞来的雨伞，猛地打在他的车前窗上，那一瞬间马骁驭还以为撞到人了，猛踩急刹，雨伞飞到了路边，车轮却控制不住地打滑，斜到一边，撞在了路边的隔离带上，马骁驭整个人往前冲又被安全带拽回，但已是魂飞魄散。

一个女人从路边跑过来捡伞，捡起来后怯生生地站在路边，似乎等着挨骂。

马骁驭伏在方向盘上，心脏被惊得咚咚直跳，幸好是雨伞，要是人的话，后果不堪设想。 他忍不住骂了几句。 这骂的几句里，也有冲着吴秋明去的。 你说这种事干吗把我给扯进去？ 难道在这个生活了二十多年的城市里，你就找不出一个比我亲近的人？ 碰上这样的紧急状态，按社会关系排，首先是老公，没老公是儿女，没儿女是父母兄妹，没父母兄妹是同事，实在不济，才是同学，同学也应该是比较要好的女同学，怎么也轮不着一个天远地远的男同学吧？

当然，他心里也清楚，在吴秋明看来，他们不仅仅是男女同学关系，甚至连他们班同学，都认为他们之间是有故事的。 何况，电话也不是她本人打的。 她一定已处于无法自控的状态了，否则以她的矜持，是不会给他打电话的。

马骁驭下车，到车前看了看，车前的挡板撞了个大坑，右前灯也撞裂了。 幸好轮胎什么的，都没事儿，要不这大半夜的，上哪儿去修？ 他拿出手机，拍了两张照片，好向保险公司交代。

捡起雨伞的女人依然站在路边，那眼神让他忽然想起了自己的前任女友——那个挺能"作"的女友。

马骁驭冲着她发火道：大半夜的，你在马路上晃什么晃？

貌似前女友的女人也被吓到了，连连说：对不起啊，风太大了，我没拿住。

他本来还想吼一句，你知不知道你差点儿害死我！ 但雨水流进嘴里，让他闭了嘴，他挥挥手，意思是赶紧走你的吧。

女人就撑着伞，款款地走了，那步态，好像是出来散步。 大半夜的，还冒雨，在大马路散什么步啊。 这神经兮兮的行为，也是和自己的前女友极像的。 前女友一到下雨的时候，就会提出要出去走走。 有一天是晚上，她也提出这个要求。 马骁驭答应了，虽然很不情愿，但那时候正热恋，他还是很配合的。 他们挽着胳膊，在人影稀疏的街道上走了半个小时，裤脚和胳膊都淋湿了。 女友在他耳边说：我觉得爱情就是两个人一起撑一把伞，在下雨的时候相依着一起走。 他听着心里发毛，不知怎么回应，如果说是的，感觉自己太矫情，这样的雨天，怎么也该待在家里，喝杯热茶；但说不是，是断然不行的，他只好轻轻吻了一下女友的脸颊，相当于女友给他发示爱微信时，他回一个动作表情。

关于爱情，人类有成千上万种表达，曾经打动过马骁驭的是塞林格的一段话：有人认为爱是性、是婚姻、是清晨六点的吻、是一堆孩子，也许真是这样的，但你知道我怎么想吗？ 我觉得爱是想触碰又收回的手。 如果以此界定，马骁驭早就不再享有爱情了，虽然他身边的女人没有断过，但那都是性的需要，或者，生活的需要。 自离婚后，他前前后后谈过的女朋友，没有三十个也有二十个吧。 发生过肌肤之亲的，也超过十个了吧。 她们让他动心，仅仅是春心，没有一个是让他想触碰又收回自己手的。 眼前这位喜欢下雨天散步的，已经是其中最让他珍惜的了。 马骁驭想，问题不是出在女人身上，是在他自己身上，他的心已经长了厚厚的茧，脱敏了。

前女友貌美，还脱俗，不是一般的脱俗。每每两人在一起，马骁驭请求她做顿饭或者煲回汤时，她总是找各种理由拒绝，如果马骁驭说，我看人家那些女人……话还没出口她马上就会说，我干吗要和别人一样？我就不喜欢厨房！她宁可叫外卖，胡乱对付，然后用做饭的时间看书、听歌，甚至发呆。她说这样的人生才是她想要的人生。她从不要求他买名牌，不化妆也不烫头，穿着简朴，有时甚至过于简朴，一条牛仔裤，一件布衬衣加上一件卫衣外套，一个旧牛皮包已经发硬了。她好像对自己的美丽毫不在意，以至于马骁驭不得不主动给她买衣服、买鞋、买包。如果说她有生活欲望，那么也是按书上来的，比如"一生中要做的99件事"，做过的她就勾掉。

马骁驭最初是极喜欢的，这么清纯，这么有文艺范儿，在物欲横流的今天，多么难得。问题是她并不是因为丑小鸭不打扮，她是个漂亮女人，虽然没漂亮到惊艳，却是别有韵味，很耐看，稍稍打扮下绝对是个美女。最让马骁驭欣赏的是她"腹有诗书"。聊天时，常会恰到好处地掉个书袋，令谈话趣味横生。他曾暗暗惊喜，都这个年龄了，竟然还捡了个宝。

但时间久了，他有点儿受不了。毕竟，日子是通俗的，人是要过日子的，人得通俗点儿才能把日子过下去。马骁驭承认自己是个俗人。"腹有诗书"之前要腹有大米。他们之间的最终爆发是因为大海。不是叫大海的人，就是大海，

the sea。

前女友每天都说，在"一生中要做的 99 件事"里，她最想做的就是去海边看日出，在海边发呆，让海风吹乱头发，赤脚在沙滩上奔跑，让海浪亲吻双脚，趴在沙子上听自己的心跳，闭上眼睛让太阳覆盖全身……

感觉完全是书上抄下来的句子，语气词都没改。

马骁驭只得一次次地表态说：好，等我有假期了就带你去。

可是他的确忙，从冬忙到春，从春忙到夏。 学院的现任领导还有一年就到龄了，他是候选人之一，但他的论文篇数还不够，而且他的课题还没完成。

前女友开始不高兴了，不高兴的具体表现是拒绝跟马骁驭亲热。 他们在一起两三个月了，始终没有进入到男女最实质的交往，直截了当地说，始终没有做爱。 马骁驭每每蠢蠢欲动时，她就各种打岔。 状态最佳时，也只允许马骁驭亲吻，或抚摸。 不高兴后，她连这个层次也关闭了，彻底拒绝。

马骁驭在她这儿明白了一个道理，对女人来说，性和爱一定是紧密相关的，感情上的不满足一定会导致性事上的不积极。 而男人是可以分开的。 马骁驭终于意识到，这事比他的课题更紧迫。

有一天他咬咬牙，在网上买了两个人的往返机票，去三亚的。 然后把信息发给前女友，前女友立即回复了无数个亲吻和红心，和各种手舞足蹈的动画小人儿，然后是一句"大海我来了！ 大海请张开你的怀抱！"马骁驭感到那种兴奋瞬间感染了他，他拿着手机都感到自己的身体发热。 看来这付出很值得。 接下来，马骁驭更是心满意足，到三亚的第一天晚上，和女友的关系就突飞猛进，达到顶峰了。

但核心问题并没有解决，马骁驭本人并没有看海的心情，哪怕是到了三亚也没有心情，他只是让女友每天去看海，去赤脚在沙滩上跑，去发呆，去让海风吹乱头发……总之，去做"一生中要做的 99 件事"之一。 他只是偶尔从窗口望望海，望望前女友的倩影，休息一下眼睛，然后就回到电脑前，要么赶论文，要么通过视频跟学生们讨论课题。 他想，幸好有网络啊，还能继续工作。

哪知在返回的飞机上，前女友一直情绪不高。 问她，玩儿得不开心吗？

她幽幽地说：我终于明白了，你不是真的爱我。

马骁驭惊诧莫名，这话从何说起？ 我要不爱你，能专门飞这一趟吗？

前女友说：如果你真的爱我，怎么会舍得让我一个人去海边？ 面对无垠的大海你不知道我有多孤独。 我多想靠在你的怀里面对大海，和你一起闭着眼睛晒太阳，那样才是最最幸福的。 可是你却离我远远的，和电脑在一起。

马骁驭说，没有啊，我经常在窗口看你，而且，每天的大部分时间我都陪在你身边的，一日三餐，还有整整一夜。

前女友依然充满忧伤地说：不，你带我来三亚，是为了应付我，是为了……达到你的……目的。 并不是真的想陪我看大海。 在你心里，论文比我更重要。 我真的很失望，我看错你了。

马骁驭崩溃了，感觉自己花了冤枉钱。 两个人的往返机票，加上酒店住宿，近两万元啊，只换来一个"应付"。

马骁驭感觉这个累，不亚于随时掏钱买名牌的那种累。照理说，他们的年龄相差不到十岁，前女友也是三十多岁的人了，不该有代沟的。 那么，是"三观"不同，他们之间有个"三观沟"？ 还是最通俗的说法，性格不合？

结局自然是分手。 虽然马骁驭很有些不舍，这一位，是他离婚后谈的无数对象里时间最长感觉最好的一个。 但他的确没法满足她，因为不能满足，他们之间的距离越来越大，他几乎碰不到她的身体了，对他来说她真的变成了一个花瓶。 一辈子那么长，按书上说的，这才做了不到30件事，还有很多件呢，早晚会分手的。

分手后马骁驭全力以赴埋头搞论文、搞课题，一年后如愿以偿当上了院长。 这个时候，孤独涌来，欲望涌来，他需要一个女人，太需要了。 于是，新一轮求偶活动开始。

四

那把飞来的伞，彻底惊醒了马骁驭，安定催生的睡意也撞成了亢奋。 他开着只亮一个前灯的"独眼龙"车，快速赶到了医院。

医生果然在等他，上来就说，你总算来了，我们什么都准备好了，就等着你来签字做手术了。

马骁驭说：到底发生什么事了？

医生说：是急性阑尾炎，很危险，再不手术就要穿孔了。

马骁驭松口气，说可我不是她家属啊。 我就是她同学。

一个年轻护士说：是我给你打的电话，我翻她的手机，拨了前面几个号码都没通，只有你接了电话。 现在手术不能等，你就签字吧。

马骁驭无奈，只能默默地拿过单子来。 不看不知道，一看吓一跳。 原来，一个手术潜在的危险竟有那么多？！ 光是麻药可能引发的危险就有一堆。 他有些犹豫了，自己能担起这个责任吗？

他问医生：必须手术吗？

医生说：必须手术，否则穿孔就完了。 她已经高烧了，各项指标都亮红灯了，不做手术过不了今晚。

吴秋明这时已经醒了，穿着手术衣躺在那里，看到他连忙说：马骁驭你就签吧，拜托了，你不签我只有自己签了。

马骁驭只好签字。 他来医院，不就是为了签字吗？ 特殊情况特殊对待，如同战争时期，属不可抗力范畴。

然后就坐在手术室外面等。

雨好像停了，仿佛刚才的疾风骤雨，只是为了给马骁驭深夜进医院制造一种紧张气氛。走廊上空无一人，灯光反射在光洁的地面上，散发出不同寻常的幽静。每个病房都悄无声息的，偶尔有护工进出，蹑手蹑脚的。但马骁驭知道，绝对还有很多人没有入睡，在被病痛折磨。那样的幽静，是危机四伏的幽静，让他马上想起了母亲病重的日子。

母亲是去年走的，最后那半个月，他天天跑医院，几乎二十四小时守着。母亲并没有手术。在查出是癌症后，母亲坚定地表示不手术、不化疗、不放疗。她看了很多资料，认定现在医学对癌症是没有办法的，所有的治疗都只是折磨，最终还是得走。她说与其在医院里被折磨到走，不如在家享受最后一段日子。马骁驭无法违背母亲，对一个什么都很明白又很固执的女教授，你无法说服她。但是，癌症的确是可怕的。到后来母亲进入了昏迷状态，马骁驭只好再送她进医院，在医院里，她依然备受折磨，常常要靠打杜冷丁止痛，直到离世。

事后马骁驭想起这个过程，常常心痛自责。因为在决定母亲治疗方案时，他很无力，很没主见，他也不知道到底是手术好还是中医保守治疗好，只好顺从母亲。母亲离世后他时常内疚、后悔，认为自己应该说服母亲做手术的，也许手术了，可以多活几年。直到有一天，他听见一位刚经历了父亲患癌症离世的人说，从家人查出癌症那天起，你的所有决定都是错误的，怎么做都是错。因为你无法做两次选择，无法比较。 他才终于放下了这个包袱。

　　整整一年，他活得沉重而又悲伤。 父亲和母亲，在他考上大学后忽然离婚了，那时他才知道，父亲早就有了外遇，是母亲恳求他等儿子高考完再分开的。 这让他对母亲充满了一种心疼的感激。 他不知道母亲是怎么忍下来的，每天笑脸面对他，给他做好吃的，让他安心高考。 而父亲的外遇并没有因为他的学问而上档次，和普通男人一样，他就是喜欢上一个年轻漂亮的女人，他为了那个年轻美丽的躯体和活泼快乐的性格离开了母亲。 也许人到中年的他格外需要阳光照耀，他像葵花一样义无反顾地朝着阳光而去，不管背阴处如何杂草肆意丛生。 父亲再婚后，马骁驭便一直和母亲住在一起，给了母亲最大的安慰。 即使在国外的几年，他也和母亲每天通话，每周视频。 这不仅仅是因为他想弥补父亲对母亲的伤害，更因为母亲还是他的朋友。 所以母亲的去世，对他的打击是双重的。 他不明白母亲这样一个优秀的女人、善良的女人，为什么要承受如此不堪的命运？ 尽管母亲去世后他的论文得了奖，也如愿以偿地当上了院长，内心的伤痛却无法抹去。 这种伤痛无人能明白，无人能替代。 他只能安慰自己，母亲走的时候是知道他要当院长的，很开心；虽然母亲始终为他的成家操心，他也不敢欺骗母亲，不敢带临时女友去见她，因为母亲能一眼看穿他……

　　可是，他居然领着吴秋明去见母亲了，母亲幽默地说，这一位，不像是你的口味嘛，你们怎么会在一起？

他结结巴巴地说：她生病了，我必须照顾她……

有人拍醒了马骁驭。他这才发现自己不知什么时候睡着了，安定终于放倒了他，他就那么和衣躺在医院的长椅上进入了梦乡，还做了个荒唐的梦，有点儿不像他的做派。

原来是吴秋明的手术结束了。

被推出手术室的吴秋明是清醒的，虽然面色苍白，她努力笑着对马骁驭说，真不好意思，深更半夜把你给折腾到了医院。马骁驭含义不明地摇摇头。吴秋明说：你可以回去了，我没事了。

马骁驭说：刚做完手术，总得有个人在身边才是，你看我给谁打个电话？

吴秋明说：没事，谁也不用打。有护士呢。

马骁驭听她这么说有点儿恼，走也不是，留也不是。看看时间，已经是凌晨三点了。即使不考虑工作，老贝独自在家也让他惦记。这时吴秋明终于说了句：我叫了我表姐的，她会照顾我，你放心走吧。

马骁驭这才松口气，不过心下有些奇怪，为什么不早说？害我纠结半天。吴秋明似乎看穿了马骁驭的心思，解释说：我表姐要从老家赶过来。可能马上要到了，你放心吧。

马骁驭这才释然，拜托了护士，然后匆匆离开。

无论从哪个角度讲，他也算尽心尽力了。

五

大学毕业各奔东西。

马骁驭在众多美女中徘徊，到毕业也没敲定。选谁都有遗憾，放弃谁都可惜。于是只身一人出国留学，一去经年。读完博士回国，依然单身。这期间谈过数次恋爱，包括洋姐，但都没到婚嫁那一步，而且越谈越没感觉了。有时候就是这样，没有选择很痛苦，太多选择也痛苦。最后，他居然是经人介绍才成家的，对方是个空姐，相貌不说了，脾气还挺好，家庭条件也很好。差不多一手牌全是主了。但奇怪得很，主多了也会输牌，仅仅两年，空姐就在飞行中有了外遇，跟别人通牌，让马骁驭输得很惨，妻子很快成了前妻。幸好他们还没有孩子。马骁驭重新成了王老五。

前妻离婚后曾打过一次电话，向他表达了歉意。但在道歉同时，也替自己做了辩解，大意是，我还是很珍惜我们之间的感情的，我也为此努力过。但我这样的女人，毕竟面临的诱惑太多。如果普通女人结婚后要面临三到五次的出轨诱惑，我就要面临三十到五十次。我已经抵挡住百分之九十九了，也算是为我们的感情尽力了。

马骁驭感到好笑，这纯属诡辩嘛，只要一次出轨，就无法证明你曾经抵挡住了百分之九十九。但他不得不承认她说得有道理。你娶个美女回家，本身就是高危行为，就是个潜在的事故苗子，你自己也得承担相应的责任。 他大度也是颓丧地说：我不怪你，怪我自己。

班上同学得知他从美国回来了，搞了一次聚会，一是说要欢迎他回来报效祖国，二是说要宰一下他这个大海龟，还有一说是给王老五开个相亲会，希望他在同学里拆散一对。同学在一起说话总是没正经的。 那天留在省城的同学都来了，有十好几个。 马骁驭感觉大家都混得还不错，而且除了他，都成家有孩子了，甚至都有二婚的了。 对他的王老五身份，男士们羡慕嫉妒恨，好一通攻击；女生们则嘲讽他揪着青春尾巴不放，在等着下一代长大。 马骁驭只好推说在国外没条件，不想找洋姐，女留学生都难看，没有一个比得过他们班女生的。 这下惹祸上身了，大家都说那好，我们班正好还有个女生空着呢，你娶不娶啊？ 肥水不流外人田哦。 马骁驭连连说：不要乱说哈。

其实聚会一开始他就发现吴秋明没来，想问，又怕给同学们提供更多的口实。 现在听大家说吴秋明也还单着，心里不免咯噔一下，但脸上是"那和我有什么关系"的表情，心里也想，我又没追过她，是她自己愿意单着的。

但不管怎样，吴秋明还是在他心里占了个位置，很小很小，仿佛隐形。 每当他身边一个女人离开，另一个女人没有到来时，她才会浮现出来。 他就会想：她怎么样了？ 结婚了吗？ 嫁给一个什么样的男人了？ 毕竟，那是一个喜欢他的女人。

据说当一个人得知对方喜欢自己时，本能反应就是喜欢对方。 这在心理学上也是可以解释的，因为人的本质是自恋的，科学家研究表明，人一天百分之九十的时间都是在想自己，那么，对一个和自己一样成天想自己的人，怎么都会有几分好感。

以后马骁驭还参加过几次同学聚会，吴秋明都没出现，反而是班上另一个女生，一个当年喜欢过马骁驭的女生，向他展开了攻势，她几次暗示马骁驭，如果他愿意，她就离婚，因为她一直喜欢他。 最初马骁驭还有几分动心，跟她约会了两次，毕竟是个漂亮女人，三十多岁风韵犹存。 但两次之后马骁驭就闪开了。 闪开的原因不是害怕破坏对方的婚姻，那婚姻不用他破坏已经名存实亡，而是他对那个女生本人没兴趣了。 她和他在一起，总是说些很无趣很乏味的话，那些话题，让马骁驭一丝一毫也感觉不出她也是读过硕士读过二十年书的人。 鸡毛蒜皮陈芝麻烂谷子的事被那张漂亮的嘴嚼碎了再吐出来，实在有种让人不忍直视的庸俗。 大学时他们没机会接触，故无法判断她是一直如此，还是被生活浸泡成了这样。 马骁驭沮丧地想，哪怕每次在一起她能多说一句新鲜话，他也会多喜欢她一点。 马骁驭无法把自己的后半生，交给一个这么无趣的女人。

两年前母校七十周年校庆，吴秋明终于出现了。 女生们说，是他们年级主任亲自打电话请吴秋明，她才答应来的，她是年级主任的骄傲，从学业上说，她是他们这批最有出息的，读了博士，还考取了专业心理咨询师资格，另外还有好多社会头衔。

这个时候离他们毕业，已经过去十七年了。 他们都是挨四十边儿或者四十出头的人了。

马骁驭跟吴秋明握手的时候，毫无悬念地发现，吴秋明老了，当然，自己在对方眼里一定也老了。 毕竟他们都已迈向不惑之年。 不过上了年纪的吴秋明，因为不烫头不化妆，有种书生气，反而缩小了年轻时与其他女生在容貌上的差距。 加之略微长胖的缘故，嘴巴上的那道疤似乎浅了一些。当然，作为女性，她依然缺乏魅力。 不过班上的同学对她都表现得格外尊重，除他们已经成熟以外，更重要的是，吴秋明值得他们尊重。 几个曾经调侃过她的男生，都恨不能将往事一笔抹去。

马骁驭做出很超脱的样子上前和她握手：嘿，你好。 毕业到现在，咱们头一回见啊。

吴秋明也很大方地与他握手，说：可不是，白驹过隙啊。

马骁驭感觉她的大方不是装出来的，她的眼神和肢体动作，一点儿也没有他想象中的暧昧，或者含羞，或者尴尬。握在他手里的那只手跟其他同学没有两样。 是同学的手，不是女人的手。

是不是她结婚了？ 对他脱敏了？ 但接下来马骁驭尴尬地得知，吴秋明依然单着，全班单着的只有他和她。 连那个当初追过吴秋明的碰壁男，孩子都上初中了。

马骁驭单着还好说，总算是有过短暂婚史，而且要再婚也是分分钟的事。吴秋明却是从来没结过婚，俗称"老姑娘"。这可不一般。这说明她拒不凑合婚姻，还说明她很专一。

同学们都很知趣，没人把他们往一起撮合，因为，吴秋明手上一张主都没了。马骁驭虽然是个王老五，前面却有"钻石"做定语。他回国后在母校当教授、带硕士，依然帅气挺拔，好多女学生暗地里爱慕他，他如果想找个小自己十几岁甚至二十岁的年轻姑娘，都是轻而易举的事。只不过马骁驭给自己规定了底线，绝不和女学生发生情感瓜葛。吴秋明呢，在母校读到博士，然后在社科院做研究员。据说发表了很多论文，还出版了两本专著，是同学中的佼佼者。可以说气质不俗，学养深厚。可是，哪个男人是被女人的学识打动的？

让人想不到的是，吴秋明那天还登台表演了节目——吹口琴。最初她上去的时候，很多同学的表情都是极为不解，甚至有点儿嘲笑的意味，意思是，你这不是找不自在吗？用现在的话说，你一点儿颜值都没有，怎么能在众人面前表演呢？可是等吴秋明的口琴声响起，大家的表情就变了，惊讶、赞赏、陶醉。吴秋明吹得真是非常好，不，不应该说吹，应该说演奏。她演奏了《千与千寻》《红梅花儿开》《梁祝》，还有《千里之外》。掌声非常热烈，而且是由衷的。

这其中就包含马骁驭的掌声。他暗暗惊讶，真没想到吴秋明的口琴吹得那么好，有点儿专业水平了。

王静声音很大地说：秋明，真没想到你还有这一手，大学里那么多次晚会你都没表演过，藏得很深呀。

吴秋明笑笑说：我也是毕业后才学的。

她笑着，脸颊泛红，也许是吹奏使然，也许是心情使然。音乐真有魔力，此刻的吴秋明，很有些楚楚动人。

同学会一直持续到晚上，晚饭的时候，吴秋明居然喝醉了。

本来喝醉是人之常事，有些人三天一大醉两天一小醉，可是放在吴秋明身上就会让人意外，因为她是一个那么理性的人，她还是个心理咨询师，职业就是开导他人的，还能开导不了自己吗？据说吴秋明醉了后泪流不止，似乎勾起了什么伤心事。几个女同学都猜测她是因为马骁驭，毕业那么多年，重新见到马骁驭难免受刺激。睹人伤情。

事后，有个热心肠的女生，也是在学校跟她关系还不错的那个女生王静，就说要帮她介绍个对象，男方是个刚退休的公务员，年龄、经济条件都不错，妻子病逝，孩子上大学了。应该说非常合适。

还是找个伴儿吧，彼此照顾。大家都这么说。

但被吴秋明一口拒绝了，连见都不想见。

王静说：你这是干吗？非把自己搞得这么孤苦伶仃的，找个伴儿哪点儿不好？

吴秋明说：我习惯了，我不想结婚。 你们不用替我担心。

王静说：可你才四十，后面的日子还长呢。

吴秋明不说话。

王静直截了当地说：莫非你还想等马骁驭？

吴秋明又是那句话：不可以吗？

王静说：你醒醒吧。

吴秋明几乎是愤怒地说：我清醒得很。 为什么我不能等他？ 等不等是我的自由！ 我妨碍谁了吗？ 你们为了他就要把我打发了吗？ 放心，我不会纠缠谁的，我还没那么厚脸皮。

马骁驭听了这段新鲜的八卦心情很复杂，既感动，也恼火。 或者说恼火多于感动。 因为吴秋明这样表白，他感觉自己莫名其妙就亏欠了她，被绑架了似的。 他想，看来自己还是赶紧找个人成家吧，免得她再抱希望。 且不说外貌，关键是自己对她一点儿感觉没有。 又不是找课题小组搭档，他找个女学者干吗？

六

吴秋明手术三天后，马骁驭给她打了个电话。

他很想知道她手术后情况如何，毕竟是他签字画押的。 其实头两天他就想打了，又怕显得过于关心，让吴秋明误会。 对一个长期暗恋你的人，你不能不小心地保持着彼此间的距离。 他便有意拖了两天。

电话打过去，吴秋明很快接了，告诉他自己一切都好，再有两天拆了线就可以回家了，叫他放心。 马骁驭抱歉地说自己这两天太忙，没来医院看她。 吴秋明一迭声地说，不用不用，已经太麻烦你了。

语气里有一种毫不掩饰她现在有人照顾、不再需要他的那种轻松。 这让马骁驭多少有些失落。 马骁驭转念想，也好，就算自己做了一回好事，不必拖泥带水的。

不过，半个月后，马骁驭还是接到了吴秋明的电话，说她已经出院回家了，要谢谢他，请他吃个饭。 马骁驭先是有种被感恩的愉悦，跟着又有了一种万一被黏上怎么办的担忧。

但他还是很绅士地说：我来请你吧，庆祝你康复。

吴秋明说：那怎么行？ 肯定是我请你。 公私分明嘛。

马骁驭听出了吴秋明的潜台词，答谢宴就是答谢宴，定性了。 他便不再坚持。 但在商量去哪家饭店时，两人都有些拿不定主意，马骁驭提议说：要不去彩虹西餐厅？ 那儿环境不错。

吴秋明迟疑了。 这迟疑是那么明显，让马骁驭后悔提出这样的建议。 因为那个场合很小资，总是恋人居多。 马骁驭原先和女友去过几次。 他习惯性地想到了那里，吴秋明一迟疑，他一下子意识到不妥，搞得他有想法似的。

还好，马骁驭还来不及尴尬，吴秋明就说：就在我家吧，家里自在些。

好啊！ 马骁驭立即回应，仿佛是为了否定自己刚才那个建议。

吴秋明又说：我把王静和她老公也一起叫上吧？ 这次生病住院也麻烦了她不少呢。

马骁驭差点儿击节赞叹：太好了。

他赞叹首先是因为家宴。 作为一个单身男人，他已经有太长时间没吃过家常饭了。 其次是因为邀请王静夫妇，王静也是他们班同学。 这就更让他放松踏实了。 他努力保持着矜持追加了一句：那就得辛苦你了哦。

吴秋明说：没事，我喜欢烧菜。

马骁驭忽然想起，问：你表姐呢？

吴秋明愣了一下，然后"哦"了一声，表姐呀，她回老家了。

看来她的确没有生活伴侣，生病靠表姐照顾，表姐一走就孤身一人。 以马骁驭的经验，很多人虽然未婚，却始终享受已婚待遇，暗地有伴侣。 比如他，在多数情况下也是有伴儿的，只是这段时间单着。

四个人的家宴，显然吴秋明并没有想趁机怎么样。 可是校庆那天她为什么会喝醉呢？ 为什么会说出那样的话呢？ 什么非马骁驭不嫁，什么她这一生注定要孤独，搞得他压力顿生，生怕背负不起吴秋明的悲伤，慌忙投入到找对象的活动中。

同学聚会后，马骁驭像打歼灭战一样四处见女人，以前懒得见的都一一去见。老实说，还真不易找到合适的，他自己设定的三十岁到四十岁的这个年龄段，多数是离婚女人。离婚女人往往是一朝被蛇咬十年怕井绳，看他帅条件好，便顾虑重重，无法坦诚相处，甚至疑心他有生理问题（以你这么好的条件怎么四十岁了还单身？）。另有几个未婚的大龄女性，一个抽烟喝酒泡夜店，他无法接受；一个居然怕狗，怕到要尖叫的地步；还有一个上来就说要带母亲过来一起住，不能离开母亲。

不这么满世界找对象，他根本无法知道女性的品种如此丰富，让他一次次瞠目结舌。当然，在女性眼里估计男人也一样。马骁驭越来越感觉到，结婚这种事一定要趁年轻，年轻时糊里糊涂就结了，借着荷尔蒙汹涌多巴胺澎湃，什么样的对象也敢结成对子。一旦理性了成熟了，就左不对右也不对，越来越胆小。结婚结婚，要先昏才能结。过了昏头的年龄，结婚就太难了。

后来总算遇到一个相对合适的女人，三十三岁，长相、身高、学历这些硬件都符合他的择偶条件。从没结过婚，其原因是太挑剔，把自己挑成了老姑娘。说老姑娘，也只是沿用老旧的习俗，若要看人，完全像个小姑娘，脸庞依然有光泽，头发依然黝黑，穿着打扮更是入时。有时候是齐大腿根的短裤，有时候是拖到脚背的长裙，还喜欢背双肩包，手机背面上贴卡通画。

可往往就是这样，硬件归硬件，马骁驭跟她在一起总也没感觉，完全是为了谈对象而谈对象，不冷不热的。女子跟介绍人说她对马骁驭很满意，可每次在一起都很矜持。搞得马骁驭一想到要和她见面心里就有障碍，不知是主动好还是等待好。有两次马骁驭主动伸手，想揽一下她的腰，她敏感地闪开了。是不是因为从没结过婚，对性的事情很拒绝？马骁驭不好问，也不敢再试探。就这么不尴不尬地交往着，几个月过去了也毫无走向婚姻的迹象。

虽然在男女关系上毫无进展，经济上却突飞猛进。从送花、请吃饭，到送衣服送包，最后终于谈到了钻戒。原来，未婚女子说，前一个男友，就是太小气，才分手的。

马骁驭有点儿不爽，虽然他明白，以他这样的年龄，哪里还有单纯建立在感情上的婚姻？所有的婚姻都包含着感情以外的因素，甚至大于感情因素。可是，你要求我大气，我是不是也该要求你大气呢？

他用半开玩笑的语气说了此话，女子竟生气了，摔门而去，两天不接他电话。他犹豫了两天，本想挽回的，前期已经投入了那么多，自己一点儿收益没有实在冤，可是他又无法预测自己要大方到什么时候，才能从女子那儿得到回报。

他便打电话过去，试探着提出分手。女子以为他打电话来是求和的，哪知竟是分手，有点儿下不来台，就来了句赌气的话，那就祝你好运吧。关了电话。

这次求偶活动便以马骁驭的惨败而告终，他前后花了好几万，却连女子的腰都没揽过。虽然情感上并没有伤筋动骨，但还是让马骁驭添堵。大约不是分手本身，而是由分手想到的自己的狼狈生活。

就在这个空档期，也就是一个月前，他又一次见到了吴秋明。

是在一个心理学研究会议上遇见的。

这样专业的会遇到同学是很正常的，可是马骁驭却莫名地紧张，还好吴秋明丝毫没有假公济私的意思，除了见面时打个招呼，私底下一次也没来找过他。这让马骁驭觉得，吴秋明这个人还是很有自尊、心气很高的，因此多了一份好感。从会议名单上马骁驭发现，她已经是省心理学研究会的执委了。会议结束分手时，他便主动给了她电话，还客气地说了句有什么事就找我，别客气。

吴秋明把马骁驭的电话输进手机，回拨给马骁驭，马骁驭也就存下了她的号码。这是两人大学毕业二十年，头一回建立实质性的联系。

不想就发生了雨夜赶往医院的事。

七

马骁驭很费了些劲儿才找到吴秋明的家。她家在东郊一个很普通的小区里，面积不大，就立着两栋电梯公寓，间隔着一些草坪和绿化带，中间稍大些的地方，有几样常见的锻炼设施，还有孩子的滑滑梯和秋千。 小路干干净净，看上去物管不错。 马骁驭暗想，其实一个城市里，会有许多从未涉入却让人惬意的角落。

敲开吴秋明的家，最先冲出来迎接的居然是一条狗狗！而且那狗狗和老贝长得蛮像，棕黄色，短毛，尖耳朵，中等体型，狗狗毫不见外地往马骁驭身上扑，欢天喜地的样子。

吴秋明跟在后面连声唤：糖糖，糖糖！ 不许叫，回来！

马骁驭连忙说：没事没事，我喜欢狗，我也养了一条。

吴秋明还是把糖糖呵斥回去，关到了阳台上。

王静夫妇还没到，马骁驭略有些尴尬，显得自己过分积极了。 他笑说：我还以为我迟到了，没想到是第一个。

吴秋明笑说，你当然迟到了，迟到了十分钟。 王静那家伙历来磨蹭，现在有孩子了更磨蹭。

马骁驭把带来的红酒交给吴秋明，吴秋明说：我答谢你，你还带这么贵的红酒呀。 本末倒置了。

马骁驭说：同学之间，别说客气话。

吴秋明说：真的很感谢你。 那天夜里你的鼎力相助对我来说太重要了，差不多是救了我一命。

马骁驭说：哪里哪里，救你的是医生，我不过是签了个字。

吴秋明说：你不签字画押，医生哪敢手术？

马骁驭心想：我是被迫签的。 深更半夜的，没法推脱。

吴秋明像是猜到了他的心思，又说：得请你原谅，在那个时候给你打电话，那么唐突。你肯定很吃惊吧？

马骁驭说：确实有点儿意外。

吴秋明说：他们按手机上的顺序连着打了几个电话，有我单位同事的，有朋友的，有王静的，甚至还有超市送货的，大部分人都关机了，王静虽然是通的，但她静音，毕竟是半夜，接电话的概率太低。

马骁驭说：这么低的概率还被我中了，人品爆发嘛。不过事后我想，即使你有很多选择，估计我也是最佳，有车，行动方便，单身，不必请假。

吴秋明咯咯地笑，马骁驭还从来没见过她这样笑过。吴秋明说，其实最重要的一点是，你居然在那个点儿还没睡着，才可能接到这样百年不遇的电话。

马骁驭心里动了一下，是呀，自己那天晚上莫名其妙地失眠，仿佛就是为了等这个电话似的。但他掩饰说：咳，我那天晚上刚好在赶一篇稿子，睡晚了。

吴秋明家很特别，虽然只是两室一厅，但厅很大，四壁都是书柜，中间一张大书桌，没有家家户户都摆放的凹型沙发和茶几。书桌上除了一个笔记本电脑，依然是一摞摞的书。正在看的，还没拆封，像书店里的展柜。再细看，大多是心理学方面的书：《津巴多普通心理学》《社会心理学》《怪诞心理学》《怪诞行为学》《当经济学遇上生物学和心理学》《大脑开窍手册》《发展心理学》《人格心理学》等。

最显眼的是那本基础教材《心理学与生活》，一看就是经常在看，已经蓬松了。作者是两位美国教授，一个是纽约州立大学的理查德·格里格，一个是斯坦福大学的菲利普·津巴多。对他们这个领域的人来说，是无人不知的大佬。

书中间还有个大烟缸，一看就是青花瓷笔洗下嫁做了烟缸。马骁驭暗笑，吴秋明果然如同学们说的，不像个女人。唯一能看出主人性别的，是电脑旁的两盆多肉植物。

不过马骁驭置身其中，倒是觉得亲切自在。忽然，他一眼看到了那本橘黄色的《20世纪最伟大的心理学实验》，如获至宝，连忙拿起来翻看：你在哪儿买到的？这书我一直没买到。

吴秋明说：几年前去北京出差，在书店买的。

马骁驭没好意思开口借。他想，现在恐怕没有借书看的人了吧？即使是作为追女人的手段都过时了。

吴秋明主动说：你想看就拿回去看好了，我已经看完了。

马骁驭说：我还真想借回去看看，这书不知什么原因买不到，只有电子版，我不习惯看电子版。

吴秋明说：肯定是没销路呗，出版社不想加印了。其实这样的书，不是专业人士也能看进去的，很有趣，还是宣传不够吧。你发现没有，现在的（心理学）教材大多是以英美国家为主的。其他国家，比如日本、俄罗斯、澳大利亚等，都非常少。所以我最近带了两个学生在翻译一本印度学者写的心理学专著。

马骁驭说：那我可要好好拜读。听说你都出了两本专著了，也让我学习一下嘛。

吴秋明说：千万别这么说，我都不好意思送你。

马骁驭说：你做心理咨询也需要看这么多理论书吗？我总觉得做心理咨询主要靠耐心，甚至靠天赋，会开导人就行。

吴秋明笑笑说：我在读博士后。

马骁驭吃了一惊，你在读博士后？现在吗？

吴秋明说：对，去年开始的。

马骁驭真有些大跌眼镜，实在是佩服得紧。

四十多岁了，还读书？他说，我可是早已读书读厌了，现在只要工作能对付，就不想碰专业书。羞愧呀。

吴秋明轻描淡写地说：我空闲时间多，不想让自己闲着。那就读一个呗。挑战自己有快感。

马骁驭想，看来读书对吴秋明来说就是个爱好，跟很多人玩乐器、玩相机、玩邮票、打游戏一样。据说马克思空闲时就经常解微积分来换脑子。这人和人，真是绝对不一样。

吴秋明找来一个纸袋，将马骁驭要借的书和自己写的两本书一起放了进去，然后把一杯泡好的茶递给他。马骁驭接过茶杯，在沙发上坐下，忽然感觉很熨帖、很自在，就好像把缩回在棉衣里的内衣袖子拉下来了。奇怪，这可是他头一回走近吴秋明。

糖糖在阳台上发出哼哼唧唧的声音，用爪子拍门，马骁驭走过去安抚它，问道：它多大了？

吴秋明说：在我家十三年了，两个月来的。

马骁驭惊讶道：噢，比我家老贝还长寿。糖糖，是糖果的糖吗？

吴秋明笑眯眯地说：对。这样我每天都甜甜的。

马骁驭乐了。吴秋明挺开朗啊，不像他想象中的单身女人。

王静夫妇果然在临近晚饭时才到达，进门说了一堆迟到的理由，马骁驭这才发现王静这么嘴碎，在大学里觉得她是个闷葫芦，跟吴秋明一样闷。她的丈夫，就是临到毕业把她拽走的那位政教系男生，在一旁揭发她忘性大，车都开出一条街了，才想起忘带礼物了，又折回去拿。

王静说：就怪我们那孩子的老师，电话里啰唆半天，说孩子中考的事。其实她是想让我帮她个忙，害得我忘了拿礼物，都准备好了，放在桌子上又忘了，那肯定要折回去啊，对吧？下次见面又不知道什么时候，必须带来。

说罢她从包里拿出两条烟来放在桌子上：这是专门给我们心理大师提供的弹药。

吴秋明有些意外，说干吗给我带这么好的烟呀？太贵了。

王静说：人家送他的，他也不抽，顺水人情，你别当回事。

吴秋明迟疑了一下，把烟放到了书桌上。

王静在她身后说：你也是，就不能穿得稍微时尚点儿？老是这一身。

吴秋明说：这衣服可是新买的。

王静说：看不出来。 你衣服不是黑就是蓝，要么灰。我就没见你穿过暖色和花色。

吴秋明说：深色遮丑嘛。

她毫不在意自己的外貌，这反倒让马骁驭佩服。 他注意看了一下吴秋明的穿着，深蓝色的衬衣，灰裤子。 虽然不时尚，质地却很好。 马骁驭看出来了，绝对不便宜。 再看王静，穿的是连衣裙，领口很低，腰部有复杂的褶皱，的确时尚。 可是，如果让两个人交换着穿，一定别扭。

吴秋明把菜摆上桌，有模有样，七八个，马骁驭努力克制着，还是没能掩饰住那副馋相。 真没想到你还有这一手。他由衷地赞叹了一句。

王静也说：比我厨艺好多了。

吴秋明说：那得感谢你们来做客，平日里我很凑合。

马骁驭说：这么好的厨艺不展示真是极大的浪费。

吴秋明说：一个人嘛，吃饲料就行了。

马骁驭会意地说：我也经常吃饲料的。

他知道此说法：一个人吃的是饲料，两个人吃的才是饭。

王静在一旁说：你们说什么呢？ 吃什么饲料？

吴秋明说：我们在说单身狗的生活，你不会明白的。

马骁驭忍不住大笑。没想到吴秋明这么风趣，并没有因为长期单身而变成刻板的大妈。

吴秋明拿出一瓶红酒，开红酒时，她还用一块毛巾垫着瓶口，颇有仪式感。她举起杯，首先感谢马骁驭在那个雨夜的鼎力相助，然后感谢王静那两天跑来帮她喂糖糖。

同学就是好。吴秋明用这句话规范了他们的关系。让马骁驭听着顺耳，他不再想说客套话了。

王静却笑道：本来签字的应该是我。马骁驭，谢谢你替我受累了，让我一觉睡到天亮。

几个人都大笑起来。

马骁驭原本存有的一点儿局促，在笑声中噼里啪啦消除了，就跟他常常玩的爱消除游戏一样，同样的花色相遇了，一碰四散，很有快感。

八

马骁驭事后回想，其实那天他最惊讶的，不是吴秋明在读博士后，也不是吴秋明的厨艺，而是他竟然跟吴秋明很聊得来。无论是专业，还是非专业，是学术问题，还是社会问题，甚至连狗狗都能说到一块儿去。这让马骁驭心里暗暗有些惊讶。

晚饭后王静夫妇先走了，照理说马骁驭也该一起撤的。

但王静提醒他喝了酒，不能开车。

马骁驭说：我只喝了那么一小杯红酒。

王静说：那也不行，你还是规矩点儿，喝会儿茶再走吧。

马骁驭暗想，王静这是要帮吴秋明"撮合"吗？吃饭中间她曾两次说，吴秋明这下你知道一个人过日子有问题吧？半夜痛昏过去都找不到个人送医院，还是找个伴儿为好。吴秋明当时只是笑笑没有作答。不管她和她什么意思，马骁驭也只好留下了。他确实喝了酒的。王静可是一滴酒没沾，她老公喝了不少。

送走王静夫妇，他们俩就来到阳台。糖糖很安静地卧在吴秋明脚边，没有对马骁驭的存在表现出抗议。吴秋明家在27楼，蛮高，加上那天天气不错，少有的清爽，城市的灯火呈现一片璀璨晶莹。两个老同学相对而坐，喝茶、闲扯，放松而舒适。偶尔两个人还互相递烟。马骁驭原本是看不惯女人吸烟的，但不知为何，吴秋明吸烟他感觉很自然。

聊天的话题广泛到天边又深入到犄角旮旯。同学就是同学，共鸣比较多。说起大学时代，吴秋明丝毫也不回避她在大学里的形单影只，但她说她一点儿也不觉得孤单，很自在，每天有那么多书可看，好幸福，有时候看到一本喜欢的书，兴奋好几天，就像是和作者有了一次深入交流。

马骁驭相信她说的是心里话，不是从哪里抄来的。

吴秋明说：我很庆幸自己那几年的埋头苦读，后来工作了，时间少了，最重要的是阅读质量开始下降，注意力没那么容易集中了。全靠大学四年的海量阅读，打下学业的基础。那天看到一句话，感觉说到心里去了，那作者说，我很感谢自己年轻时的努力。我也是，很感谢自己年轻时埋头读书。

马骁驭在这一点上是羞愧的，他四年的大部分时间，都被青春年少的快乐和浮躁占领了，学业全靠小聪明扛着。但对于吴秋明说的她丝毫不感到孤单，他还是存疑的。毕竟青春年少。

他没有再追问。那应该算他们之间的雷区，如果吴秋明说感到孤单，那不是由他造成的吗？她说她丝毫不孤单，也许是不想给他压力。何况她的确做出了成绩。那次他们班同学聚会，一数，依旧做专业的只有五六个人了，做得好的大概要数吴秋明了，她不但取得了心理咨询师专业资格，还是省心理学研究会的执委，在心理学界已小有影响。马骁驭虽然也一直做本专业，但以前以教学为主，现在以行政工作为主，没有更深入的研究。

马骁驭说，现在做纯理论研究的的确不多了。我在大学里常常被问到是否做心理咨询。老实说，我都懒得解释心理学和应用心理学之间的不同。就连考我硕士的学生也会问到这样的问题。我只能让他们先去读一批书，读过之后再思考一下，自己究竟是对一门研究人的心理和行为的实验科学感兴趣，还是对心理咨询帮助人解决困惑感兴趣。这是两个大方向。

然后呢，选择哪个方向的多？ 吴秋明问。

马骁驭说，还是选择实用性的多。 人们太需要实用性的东西了，这是人的本能。 你看微信就可以发现，好多心理分析已经变成通俗读物了。 比如随手涂鸦，画房子和树，可以看出一个人的个性：喜欢画上门窗的，表明心理比较开放；喜欢画上树冠和太阳的，表明内心有阳光。 还有，太爱照镜子和自拍的人，都是有自恋倾向的人。 有自恋倾向的人很容易得强迫症，进而抑郁症。 如果所有人的性格都这么有规律的话，世界就简单了。

吴秋明说，现在的人喜欢通过一些符号来分析人窥探人，比如生辰八字、星座、属相、血型、姓名笔画，甚至还用手机号、身份证号，以及喜欢的颜色、喜欢的形状，五花八门的。 这说明人都渴望了解自己，同时又渴望看到自己好的一面。 那些星座、血型、属相的分析，不管是哪一种，都能在其中看到自己想看到的优点，听到顺耳的话。

马骁驭说：是的，我经常被我的学生问到属相和星座，尤其是女生爱问。 有一次我故意说错，我说我是摩羯座的，我那学生居然惊呼：老师你太像摩羯座了！ 我只能呵呵了。所以我是不信这些东西的。 什么都能往上靠，都是些骗人的把戏而已。

吴秋明说：骗人说不上，就是娱乐吧。 我不信这些东西，我根本不知道自己是什么星座。

马骁驭说：怎么会？ 那个很容易查到。

吴秋明答非所问地说，其实不管用什么方式，都无法完全破解一个人的内心，破解所谓的命运，即使是《易经》。人心有道天然屏障，藏着一些任谁也无法看到的隐秘，父母、孩子、配偶，都无法看到。

马骁驭点头称是。

吴秋明说：哪怕你去听他的梦呓，你也不能听明白。 因为有时候连他自己都不明白他的内心，自己都把握不住自己的内心。

马骁驭感叹，到底是研究心理学的，看得深。 他忽然想起前女友之一总喜欢说：你猜我想要什么？ 你猜我现在想干吗？ 如果马骁驭说猜不到或者我怎么知道，她就会说：你不是学心理学的吗？ 怎么会猜不到我心里在想什么？ 马骁驭没法跟她说明白，只好敷衍说，你不是一般女人，你的心理构造特别复杂，是极少数人的那种。 女友被忽悠得找不到北了，就放过他。

他把这个桥段讲给吴秋明听，吴秋明笑坏了，笑到弯腰。 马骁驭发现她笑起来还是很动人的。 也许任何人的笑容都是动人的，哪怕是满脸皱褶的老太太。 笑容应该是女人最好的化妆品，如同阳光是风景最好的化妆师。 只是，吴秋明这样笑的时候不多。 总体上她是一个严肃的人，严肃的女性。

一说起专业，她的话很密、很兴奋：我早年参加过一个公益活动，以电信局的一个公众号为平台，通过电话疏导那些有心理困惑的人，做了五年。那个时候就经常遇到这样的问题：比如算命先生说我克夫（或者旺夫），那我该找个什么样的人？还有，人家给我介绍了个对象，和我的属相、血型都不符，我该不该去见？

有意思。马骁驭说，还挺不好回答吧？

吴秋明说：我只能尽量从正面去引导。当然还是有很多真正的心理困惑，你可以倾听、疏导、安抚，最终听到对方轻松愉快的声音，真的很有成就感。那个时候我发现，人们隔着电话说出自己的隐私要容易得多。中国人还不习惯找心理医生，或者说没条件找。所以我们的咨询电话填补了一大空缺。其实在我们那个公益组织里，大部分人是没有心理咨询师资格的，他们甚至不具有心理咨询的基本知识，就是一些有文化的热心公益的人，比如共青团干部、中小学老师、大学老师、医生、作家、编辑等。真正从事心理学研究的，只有三位。有时我明显感觉到一些打来电话的人，已经有了严重的心理疾患，而不是普通的苦恼困惑，应该去专业医院就医才是。但我还是感觉到，我们那个心理咨询热线，对普通百姓的心理疏导起了非常重要的作用，差不多跟教堂一样，热线每个周六开通，很多人为此等待星期六。

马骁驭一边听一边有点儿走神，难怪他们班同学都说她喜欢参加公益事业，还真是。听说大地震的时候，她天天跑灾区，为灾民和救灾部队做心理疏导。但他很愿意听她说这些。即使抛开所说的内容，单是她说话的语速和语调，也挺悦耳的。

如果，马骁驭想的是如果，如果吴秋明稍微好看一些，自己会不会喜欢上她呢，作为男人喜欢女人的那种喜欢？为什么男人那么在意女人的相貌呢？是雄性动物的天性吗？

吴秋明发现他走神了，不说了。马骁驭很快发现了吴秋明的发现，连忙捡起她的话头说，这真是件非常好的事，为什么现在没有了？

吴秋明说：还是有的，只是越来越规范了，不再是公益性质了。

马骁驭忽然说：你自己呢？总会有心情很糟的时候吧？你怎么解压？是胡吃海喝、疯狂购物，还是去微信朋友圈里喝心灵鸡汤？还是给朋友打电话倾诉？总不会是咬一根筷子吧？

吴秋明知道马骁驭指的是保罗·艾克曼的表情理论。当情绪低落高兴不起来的时候，咬住一根筷子或者铅笔，让自己假装"微笑"，就真的会体会到微笑的心情，让情绪好起来。

吴秋明说：你做心理调查啊？

马骁驭说：哪里，真心请教。

吴秋明说：咬根筷子对我来说，还不如吹口琴来得爽。

马骁驭说：还真是。那楼下的人有福了，可以免费欣赏那么好听的音乐。

马骁驭是由衷的，他想起了吴秋明在同学会上的演奏。

吴秋明说：说不定人家还觉得被打扰了呢。 我一般不在阳台上吹，有时候想吹了，就到河边去吹。 过过瘾，回来就安安静静地看书。 老实说，胡吃海喝、疯狂购物对我都不起作用。 心灵鸡汤和倾诉我也不喜欢，你知道咱们学这个的，什么都明白。 可是我也不想自己闷着，那不利于心理健康。对我最有效的解闷方式，还不是吹口琴，而是做事，一做事，我马上就心平气和了。

马骁驭问：做事？ 做什么事？

吴秋明说：公益呗。

又是公益。 马骁驭说：我早听同学说，大地震的时候，你做了三个多月的公益。 你这么喜欢做公益是有什么特别的原因吗？

吴秋明说：没什么特别原因，都是为自己。 一是为自己心理健康需要，二是为自己专业研究需要。 一举两得，何乐而不为？

不知怎么，马骁驭总感觉她还应该有其他原因，但这两点也足够说服他了，甚至让他暗暗动心，自己似乎应该参与一些公益活动才是。

差不多到十一点，马骁驭才告辞。

马骁驭开车出小区时，耳边隐约传来琴声。 他不知道是吴秋明此刻站在阳台上吹口琴呢，还是他的幻听？

一曲《千里之外》，把他送出了大门。

九

那次家宴之后，他们又各入自己的轨道了，不但没见面，连电话都没有。

在马骁驭这里，是想继续保持以往的距离，回到原来的生活轨道上。 两个单身男女，不打算结婚没道理总在一起。 不打算结婚的恋爱都是耍流氓，虽然说得有点儿过，本质没错。 马骁驭不想让吴秋明误会自己。 虽然他愿意和她聊天，但也就止于聊天。

至于吴秋明怎么想他就不知道了，反正她也没和他联系。

马骁驭觉得有点儿奇怪，他略感失落。 如果真的如同学们所说的那样，她那么钟情于他，就该主动和他联系才是，反正有了开端。

马骁驭忽然意识到自己是在等吴秋明的音讯，不免感到好笑。 这是怎么了？ 真的是太孤单了吗？

这时，他生活里发生了一件悲催的事，让他心悸了数日：那位他曾经交往过的、让他很动心的前女友，突然自杀了。

那天马骁驭正在讲课，见手机在桌子上一闪一闪的，看也没看就关掉了。 等下了课拿出手机一看，竟然是他前女友之一的电话，就是那个要做 99 件事的前女友。 他们分手后他还没有删掉她的手机号。 他正犹豫要不要打回去，一条短信又到了：

> 女士先生，我们悲痛地告知各位，××女士已于昨日深夜不幸去世。根据她的遗愿，不开追悼会，不举行遗体告别仪式。如有希望表达心意者，请于明天上午到她的家中致哀。地址：××街××花园×栋×单元×号。

马骁驭虽然不是第一次接到这样的通知，但还是有些心惊，因为这个人是曾经与他有亲密关系的人，他们差点儿就定了终身。 怎么回事？ 他要不要去搞清楚原委？

最终他还是去了那个某某街某某花园。 女友的母亲是认识他的，见到他就控制不住地失声痛哭，让他也无法克制地泪下。 原来前女友与他分手后，又与一个男人恋爱，那个男人对她百依百顺，看大海等日出雨天出去散步，什么什么都不在话下。 他做饭的时候她给他读诗，她看书的时候他给她喂苹果。 她感觉幸福无比，却在某一天，忽然发现那男人是有妇之夫，孩子都三岁了，在另一个城市。 这个打击实在是太大了，她无法承受，便选择了离世。 是煤气自杀。 也不知她是怎么知道这方法的。 女孩儿的妈妈有些神经质地反复念叨说：还好没有跳楼，不然更惨。

女孩儿的父亲说，她迟早会离开的，她不属于这个世界。

　　他们轮番说着相同的话，目光呆滞，他们用那些话来缓解内心的疼痛。　马骁驭除了耐心倾听，没有其他安抚方式。老实说，他先是松了口气的，原来和自己无关，不是自己害死的；但接着感到痛心，那么好一个姑娘，就这么没了；再接着是自责，也许不和她分手就不会这样了；跟着又庆幸，幸好分手了。　就这么翻来覆去地蹂躏自己。　最终还是痛苦多于庆幸。

　　很长一段时间里他心情郁闷，无人可说。　因为他最想向其倾诉这一切的，只有吴秋明。　有个晚上，他终于按捺不住，试着给吴秋明打了个电话。　电话通了，传来悦耳的口琴曲，虽然很好听，他也没好意思让口琴曲响到结束才关电话。

　　之后收到一条短信，吴秋明回复说，她回老家了，乡下信号不好。

　　这一搁，也就搁下了。

　　一晃秋天。

　　马骁驭走在黄叶纷飞的校园里，莫名涌起一股人到中年的滋味儿，酸不拉唧，灰不溜丢。　不管日子过得如何，是单身还是有孩子长大成人，一到这个节点，中年的心情都会自动下载安装。　没有了年轻时的朝气和想入非非，也还没有老年的神闲气定、万事皆空。　两头不挂，欲说还休。

　　马骁驭暗地里自嘲了一把，忽然琴声入耳，是《梁祝》。　虽然拉得不是很娴熟，依然有种动人的音韵随风飘来。 也许是心境所致。 他顺着琴声走过去，见一个教学楼后面的小花园里，一个男生在专注地拉小提琴。 他们学校是没有音乐系的，这学生显然是业余爱好。 爱好音乐会让人内心更丰富。 这是吴秋明说的，她说她之所以人到中年还学吹口琴，就是想以最低的成本涉足音乐。 马骁驭在这一点上又一次感到羞愧了，小时候父母为了让他学琴，买了小提琴，还买了架聂耳牌钢琴。 可他至今只会弹《致爱丽丝》，小提琴则完全废弃了。

离开小提琴手，转身，却见系里那个新来的女老师款款走来。 马骁驭赶紧往右一拐，岔到另一条路上去。

那个老师是这个学期刚来他们系的，女博士，二十八岁，未婚。 到系里的第一周，就主动约马骁驭吃饭。 马骁驭稍感意外，但还是去了。 起初他有顾忌，一是她比自己小十几岁，怕有代沟；二是读书读到博士会不会呆？ 哪知见面没多久他就意识到他的顾忌都不是顾忌。 真正令他退缩的居然是一个极小的细节，就是女博士的口头禅。 女博士说到自己时永远都不是"我"，也不是"俺"，也不是"偶"，而是"人家"：人家不想这样嘛，人家饿了嘛，人家光顾读书没时间找对象嘛。 "人家"是她的第一人称。

几个"人家"下来，马骁驭就受不了了。 吃饭快要结束时，他只好透露自己已经有未婚妻了。 "人家"略有愠怒，但只顿了一下，就大大方方地说：没事啦，一起吃个饭，以后多多关照人家哦。

吴秋明曾经说，越是看上去优秀的女孩儿，越会有些致命的毛病。 还真是。 照理说女博士聪明、漂亮、温柔（如果那种说话方式被接受的话也可以算温柔），他却无福消受。 吴秋明还说，即使是两个一见钟情的人，也是由他们的文化背景决定的。

奇怪。 马骁驭现在时常像想起名人语录一样想起吴秋明说过的一些话。 看来吴秋明对他的影响超出了他的预料。

像吴秋明那样的女人，估计在任何男人面前都不会撒娇的。 不过，这个女人的心思还真不好猜，是真的看淡一切了，还是像自己一样仍迷惑着，用冷硬的外表做保护色？ 她怎么就不联络了呢？ 她看不出自己是乐意和她一起聊天的吗？ 难道自己有什么话说得不妥吗？

在马骁驭的记忆里，那次深夜畅聊，他们之间只发生过一个小小的分歧，就是在说到王静夫妇的时候。

那天王静夫妇离开时，吴秋明强行把他们带来的两条好烟塞还给他们，搞得王静有些下不来台。 马骁驭问她为何如此，同学之间还这么讲原则？ 吴秋明便告诉他，王静送她烟是有所求的，来之前就在电话里问她，是否认识刊物或者报社的编辑。 说他们女儿没什么特长，麻烦她帮忙找人帮女儿修改作文拿去发表；说他们学校对发表文章的学生特别看重，中考可以加分。 她当时就表示做不到，王静还是带了烟过来。

我不想做这件事，所以不想收她的烟。 吴秋明说，我不明白他们是什么思维。 你看王静和她老公，吃饭的时候一直在吐槽，说他们单位领导徇私舞弊、任人唯亲，明明该他上却用了个他老乡。 王静也是，骂完单位又骂孩子的学校，教育腐败，老师无德。 我还以为他俩是愤世嫉俗忧国忧民的主呢，没想到自己也是其中一部分。 这就是今天的新常态，一边骂不正之风一边搞不正之风。

马骁驭颇感意外，但还是打圆场说，父母对孩子嘛，往往会不顾一切。 再说现在这个社会就这样。

吴秋明说，可是你这样做，不是让孩子从小就感觉到可以通过不正常途径获得好处吗？ 你从小给他这样的暗示，可以不靠自己的努力去获得真实的成就，长大了还指望他靠自己奋斗吗？ 你自己看不惯的事，为什么还让我做？

马骁驭敷衍说，可不是，己所不欲，勿施于人嘛。

吴秋明说，己所欲，也应该勿施于人。

马骁驭不由得点头赞同，虽然感觉过于尖锐。

吴秋明却有些刹不住车了：我感觉现在最糟糕的不是官员的腐败，是观念的腐败；不是空气的污染，是心灵的污染。 几乎每个人都成了这个糟糕社会的土壤。 不要说普通人，就是所谓的知识分子，也有很多人已经丧失了思考能力，想当然地看生活，顺从生活，接受生活。 愤世嫉俗反而会被嘲笑。 这样的平庸才是万恶之源。

马骁驭说：听你这么说，我感觉你肯定是汉娜·阿伦特的追随者。

吴秋明眼睛一亮，毫不犹豫地说：她是我的偶像，我爱她！ 我真希望成为她那样的女性。 我连抽烟都是模仿她的。 前不久我又看了一遍她的传记片，那演员还真是我想象的样子。 好喜欢。

这样，他们总算把话题转到了电影上。 聊了汉娜·阿伦特的那部电影后，又聊到纳什的传记片《美丽心灵》，又聊到《模仿游戏》里的计算机之父图灵。 吴秋明说她非常喜欢看传记片，尤其喜欢看天才的传记片。

我发现这些天才的后面都有后缀，缀上了古怪和不幸。吴秋明说，他们是孤独的，不能在尘世中找到知己，或者不能被作为大多数的凡人认同，也无法获得寻常世界里的快乐。 可是因为有天才的存在，凡人才有可能被引领向上。我常常为自己能与这些非凡之人同处一个星球感到幸运。 我一点儿也不否认我崇尚天才。

虽然吴秋明的论点马骁驭未必认可，但他喜欢听吴秋明谈论这样的观点，痛快、有智慧、见性情。

那样的深夜长谈，他真的想再来一次。

想归想，马骁驭还是按兵不动。

这个时候，又有人给马骁驭介绍对象了。

这回是间接熟人，具体说是父亲早年一个朋友的女儿。

年龄也不小了，只比马骁驭小六岁，也就是说，三十五了。女人三十五相当于男人五十，虽然没人明说，但这个潜规则肯定存在于择偶界。 这让她父亲焦虑不堪。 有一天偶遇马骁驭的父亲，得知他的宝贝儿子竟然也单着，还是个大学教授，如获至宝，便不顾颜面地主动要求安排两个孩子见个面，也许能成就一段好姻缘。

父亲跟马骁驭说这事儿时，一点儿没有积极促成的意思，反而很抱歉，他一再解释说，他是碍于老朋友的面子才答应的，还说答应之后很后悔，他当时不该说儿子单身，应该说已经成家，这样就免去这个麻烦了。

父亲的自责让马骁驭意外，难道再次离婚让他也看破红尘了？ 他反过来安慰父亲说，没事儿，见个面也没啥，我去见就是了，您不必感到不安。

夏天快要结束的时候，父亲和他的第二任妻子离婚了。那个曾让父亲非常迷恋的年轻女人，终于也老了，也进入更年期了，脾气变得乖戾，尤其在酷热难挨的时候。 他们天天吵架，终于分手。

婚姻到底是怎么回事？ 被情绪左右还是被利益左右？到底是为了找个人一起陪伴过日子更重要，还是找个人解决性需求更重要？ 到底是内心世界的和谐重要，还是外部世界的如意重要？ 即使是做心理研究的马骁驭，也无法洞晓。

相亲的见面地点定在锦城艺术宫。 女方母亲买了两张艺术宫的票，是话剧，由此想冲淡相亲的世俗气息。 看话剧前，女方提出在艺术宫旁边的星巴克见面，因为那女子说正在减肥，不能吃晚饭，提出在星巴克喝杯咖啡就去看演出。马骁驭只好陪她一起饿肚子。 老实说，他对话剧不感冒，对吃饭很感冒，可是也只能如此了。

见了面，就感觉不来事儿。 不是对方不漂亮，也不是没文化，而是个性太强，像个骄傲的公主，一看就是长期当家做主养成的，说一不二，不容商量。 马骁驭自己也差不多是这德行，那两个人在一起，还不得针尖对麦芒？

而且，那女子对自己的外貌在乎到了极点，估计一天中一半的时间都花在打扮上，如果马骁驭也算外貌协会的，那她就是 VIP 会员。 她坐下来第一件事，就是侧着头翘着下巴来了张自拍，一看就不是个过寻常日子的女人。 就在喝咖啡的那会儿工夫，还去卫生间补妆。 马骁驭对这样的女人可是不敢过问，他有过前车之鉴。

马骁驭暗暗寻思，这次得速战速决，一次了断。 可是作为一个有教养的男人（至少在外人看来他应该是有教养的），他还是希望女人先提出拒绝，给足女人面子。

等那女子从卫生间回来，马骁驭就说，我估计你也是被迫来相亲的吧？ 你那么好的条件哪里需要介绍？ 要想结婚早就结了。

女子稍微愣了一下，自负地说：可不是！ 给老爸个面子呗。

马骁驭正中下怀，连忙说：我也是为了孝顺父亲，那咱们就……

他预想的结束语还没说出口，女子突然来了个急转弯：不过，我也是看人的。我听我爸说了你的情况后，感觉还是值得一见。

马骁驭暗暗叫苦。

我还从没和大学老师相亲过呢。何况你还是个帅哥。女子的口吻像是在调侃，带了几分轻浮：我也奇怪像你这样的条件怎么会单着。听说你是房子车子票子什么都不缺，就缺个女主人了。难道这么大个钱包还让我捡着了？

女子哈哈哈笑着，马骁驭明白，她是有意把一个庸俗的问题用洒脱的语气说出来，以掩饰自己的尴尬。但这番话令他瞬间产生了反感，心里更加确定这位不是自己的菜，应退回。

他应付道：哪里哪里，我也就是一个穷书生。

女子又说：我到现在还和父母住一起，成天听他们唠叨很烦。听说你家装修得特别高大上，那我可以直接拎包入住了？

面对再次进攻，马骁驭决定关上城门阻击了。他也用调侃的语气说：你还真幽默呢。我明白，咱们都是成年人，婚姻大事哪能让别人安排？今天顺应长辈见个面，算是有个交代，就可以了了。

女子微微有些意外，但还是放不下面子要求继续交往，她收起笑容顺着他的话说：可不是！我都拒绝好多回了，这次因为爸爸说和你父亲认识，我不好意思拒绝才来的。

马骁驭说：抱歉抱歉。

女子站起来说：那咱们就去剧场吧，边演戏边看戏。

居然还幽默了一句。

走进剧场就被嘈杂声包围，观众还不少。看介绍，戏的主演是个当红女明星，也许很多人是冲着她来的，戏好不好无所谓。马骁驭跟在相亲女子的后面，看她袅袅婷婷地朝前走，微微抬着下巴，高挑的身材挂着一套时尚衣着，把满场的女观众比下去一半多。也难怪她傲娇自负。眼看女子走过了他们的位置，马骁驭只好出声：哎，在这儿。她回头，嫣然一笑，款款走回马骁驭身边。马骁驭侧身，让她先进入座位。在外人看来，他们真的很般配。

铃声拉响，全场转暗。马骁驭看了眼手机，七点三十分。他暗地里掐算着，九点半演出完毕，十点多可以到家。洗个澡，十一点肯定能躺上床了，靠床上一边玩手游，一边看电视，舒舒服服的。

他忽然意识到，自己已很多次如此了，去参加聚会，总是在聚会开始不到一小时就掐算着回家的时间。真的是人到中年激情消退。他在漆黑的剧场里独自苦笑。

哪知中场休息时，他竟然在卫生间拐角处遇到了吴秋明。吴秋明一个人站在那儿抽烟。

马骁驭惊喜之余有些尴尬。照理说他一个王老五，出来相亲正大光明，而且相的是女人，未婚女人，一点儿猫腻也没有，但不知道怎么他就是感觉很尴尬。

吴秋明倒是落落大方地跟他打招呼，说没想到你也喜欢话剧。

马骁驭只好含含糊糊地应付两句，心里纠结着要不要告诉吴秋明自己出现在这里的真正原由。

他没话找话地问：你一个人？

吴秋明说：一个人。我经常一个人看戏看电影，自在。你呢？

马骁驭只好说：我和一个朋友一起来的。

吴秋明很理解的样子笑笑，转身要走，马骁驭忽然说：看完戏我们一起喝一杯？

吴秋明似乎意外，但还是接受了：行。在哪儿？

马骁驭说：旁边有家星巴克。

吴秋明说：不如去酒吧。星巴克旁边有个酒吧。

于是就说好了，散场后在那里碰头。

奇怪，一旦谈妥了这个约会，后半场的戏马骁驭就看进去了，还跟着乐了两回，鼓掌两回。那女子说：你不是说不喜欢看话剧吗？

马骁驭说：没想到还有点儿意思。

果然在剧场不远处找到了一家酒吧。

　　吴秋明熟门熟路地率先进入，找了一个面对窗户的长条高桌，一跃而上。 马骁驭也在她旁边坐下。

　　玻璃窗外，灯光璀璨的街景如舞台一般，只是演员在不断变换，上演着多幕哑剧。 马骁驭点了两罐黑啤，吴秋明要了一瓶干红。 服务生刚要走，马骁驭又喊回来，加了一份儿蛋糕。

　　我实在是饿了。 他不好意思地解释说。

　　吴秋明说：怎么，没吃晚饭？

　　马骁驭说：没。

　　吴秋明又说：连饲料都没吃？

　　马骁驭立即想到了那次在吴秋明家里的段子，忍不住哈哈大笑起来，但他马上止住，四下看了看，还好没人注意。

　　马骁驭低声道：不瞒你说，我没来过酒吧，总感觉这种地方是年轻人的天下。

　　吴秋明说：什么年轻不年轻的，你心里不要画线，就没人给你画线。

　　显然吴秋明比他淡定多了。 一个长期过单身生活的女人，一个相貌有缺陷的女人，肯定无数次面对他人不解的目光，早被历练出来了。 就如同今天中场休息抽烟，虽然没去吸烟室，却也毫不介意地站在走廊上。

　　喝着酒，看着窗外来来往往的行人，彼此问了近况。 一时竟无话了，一条沉默的河流在两个酒杯之间淌过。 马骁驭想打破沉默，是他主动约她的，他应该主动说点儿啥。 一次又一次地相亲失败，让他越发觉得，比起那些年轻貌美的女性，他更愿意和吴秋明在一起。 这样说来，促使他和吴秋明在一起的，不是吴秋明本人，而是一个又一个的美女。 这属于什么现象？

鬼使神差地，他就告诉了吴秋明今晚自己来看戏，其实是为了相亲。 之所以没吃晚饭，就是因为那位相亲的女子要减肥。 他把那个女子简单地描述了一下，流露出了不以为意，并有所克制地炫耀了一下自己的机智果断。

吴秋明只是微笑，没有发表什么看法。

马骁驭只好继续做主讲：我主要是不想违逆父亲。 不过我父亲也是奇怪，一方面安排我相亲，一方面又一再地跟我说抱歉，搞得我还挺不适应的。 因为他老人家历来意志强大。 也许这说明他真的老了？ 你说人老了，到底是心肠越来越硬还是越来越软？ 有种说法是人老了，神经变得毛躁了，不易感受到爱和恨了，于是变硬；另一个说法是，人老了，神经磨细了，经不起更多的痛苦悲伤了，于是变软。 你怎么看？ 我想听听你的看法。

他像老师一样，强行把话头递给了吴秋明。

吴秋明喝了一口酒，终于开口说，我想应该是两种都存在。 偶尔十分脆弱，偶尔十分坚强。 没有一条笔直的线。比如我自己，上网的时候，很不愿意打开负面新闻的链接，害怕自己看了之后半天缓不过劲儿来；人家求我帮忙时，即使我为难也说不出拒绝的话，看到伸手要钱的讨饭的，很难假装没看见。 这都是心肠变软的表现。 我原来不这样，我原来很坚决很理性。

马骁驭很意外，他还以为吴秋明是个女汉子呢。

吴秋明说：但另一方面，看那些煽情的电视剧，我一点儿也不会动心，更不会流泪。 看到那些演员哭得稀里哗啦的，我反而很心烦。

马骁驭说：同感同感。 歇斯底里本来是女性特有的毛病，你肯定知道这个词本身就源于"子宫"嘛。 可是现在男人也个个歇斯底里，真让人受不了。

吴秋明说：那是古希腊的说法，现在早过时了。

马骁驭笑了，其实他只是想借用这个说法，来表明他对那样一种表演状态的厌恶，更是想用这种夸张的情绪来表达他此时内心的愉悦。 终于又和吴秋明坐在一起聊天了，有种久违的亲切。 吴秋明低低的略微沙哑的说话声，如同推开一扇古老而陈旧的木门的吱呀声一样悦耳，吱呀声响起后，马骁驭就走进门去。

他把前女友自杀的事，告诉了吴秋明。 虽然事情已经过去了两个月，他没那么郁闷了，可是一旦触及，又有些伤感。 为什么好女孩儿这么脆弱？

显然这姑娘有心理疾患。 吴秋明说，她如果能意识到，早些治疗调整，也许不至于走上绝路。 你当时没感觉？

马骁驭说：当时只是觉得她太在意自己了，太不接地气了。 身体嘛，好像比较虚弱，血压低，心动过缓。

吴秋明说，这就对了，很多心理疾病和生理疾病是关联的。 体弱多病的女孩子往往敏感脆弱，敏感脆弱又更容易让身体虚弱，尤其遇到特殊事件，两者更易互相强化。 我记得大地震的时候去灾区，遇到一个连队，百分之九十的战士都皮肤过敏，生牛皮癣，另外一个连队发生了集体拉肚子的情况。 他们还以为是灾区不卫生造成的，我告诉他们是精神因素造成的，高度的压力、紧张和抑郁导致，是精神因素躯体化最典型的案例。 我自己也一样，严重皮肤过敏，后来什么药都没吃，心理缓解后就消除了。

马骁驭说：嗯，看来是这么回事。

吴秋明说：其实每个人都会存在这样的问题。 比如我脸上这道疤带给我的心理问题就是自卑，对我的长相来说是雪上加霜，只不过我因为受过教育，能理性调整，所以还比较健康。

吴秋明笑起来，有一种坦诚的自信。

吴秋明又说：从你说的情况看，这女孩子条件很不错，没什么可自卑的，但她太追求完美了。 追求完美本身没什么错。 问题在于你不能要求别人完美。 就是我上次说的，己所不欲勿施于人，己所欲，也勿施于人。 你要包容这个世界的种种缺陷，这样的包容正是你自身完美的一部分。

马骁驭暗地里惊讶吴秋明的表达，她总是能说到点子上，让他既赞同又钦佩。

你呢，追求完美吗？ 他问。

吴秋明毫不犹豫地说：当然。 准确地说，我一直在超越自己，让自己比昨天更好。 海明威不是说过，优于别人不算高贵，优于过去的自己才是高贵。

马骁驭说：嗯嗯，那个明星演员马修·麦康纳也说过，他的偶像永远是十年后的自己。

吴秋明举杯，来，为我们十年后的自己干杯。

她不等马骁驭喝，就先一饮而尽。

马骁驭发现她挺能喝的，一瓶干红很快下去一半了。 不会喝多吧？ 那次校庆她可是喝醉了的，显然并不是个海量的人。 今天就他们两个，醉了怎么办？ 马骁驭略微有些担心了。 毕竟，他们还只是关系微妙的同学。 如果她醉了向他表白，他该怎么办？ 在经历了一些事情后，他不可能再像过去那样毫不犹豫地拒绝，他和她之间，毕竟已经有了一些感情。 说感情似乎不准确，有了一些交情？ 也不准确。 总之和过去不一样了。

担心归担心，马骁驭还是给吴秋明倒了酒。 就他的感觉，她是一个能把控自己的人。

吴秋明心情很好的样子，说：我觉得跟好朋友在一起彻夜地饮酒聊天，是人生一大快事。 那天你去家里我就想请你喝酒的，可惜你要开车。 今天咱们痛痛快快喝一回吧。

马骁驭说：今天我也开车。

他马上又追了一句：不过可以叫代驾。 一个女人都这么爽快了，自己再扭捏说不过去。

吴秋明说：对，叫代驾，哪能因为一辆车，就放弃快意人生！

她举起杯跟马骁驭碰了一下：今天咱们 AA 吧，先说好了，免得等会儿喝糊涂了争来争去，难看。

她还真是个特别的女人。马骁驭暗自赞叹：好吧。我同意。我发现你的很多做事风格，真还挺男人的。

这句话本来是赞扬，但一说出口他有些后悔，也许对女人来说是贬义。哪个女人愿意像男人？

吴秋明却说：我本来就不像个女人。

马骁驭赶紧说：你也不像男人啊。

吴秋明说：我是杂质。

马骁驭没听懂，杂志？什么杂志？

吴秋明说：高中的时候老师讲过，化学中有一个神奇的东西，它不溶于酸、不溶于碱、不溶于盐、不溶于有机物，它水火不侵，百毒不伤，无论是在喷灯上加热，还是通上高压电，它都毫发无损，它拥有最稳定最优秀的化学性质，却总是被人遗弃。它的名字叫杂质。我感觉，我就是一粒杂质。

真绝！

马骁驭不得不赞叹吴秋明的这番自我定位，超凡脱俗。如果吴秋明是杂质，自己是什么？是流水线上出来的合格产品吧？虽然没瑕疵，却也没个性，多到烂大街。可是，在旁人看来，他却是个紧俏货。标准不同，世界不同。

嗯，我想冒昧地问个问题。马骁驭借着酒劲儿，想把话题深入下去，大不了直面他和她长期回避的那个问题。他又说：当然为了公平，你也可以问我一个问题。

吴秋明侧过头看了他一眼，说：你是想问我为什么不结婚吧？

马骁驭说：真不愧是学心理学的。差不多是这个意思吧。你为什么一直一个人呢？

吴秋明说：如果你问我为什么不结婚，那好回答，其实我是结过婚的，用婚姻广告上的话说，有过短暂不幸的婚史。

这个回答大出马骁驭的意料，虽然他原本没打算问这个问题。他有点儿接不上话了。

吴秋明说：但你要问我为什么一直一个人，我可以不回答吗？

马骁驭有些尴尬地笑道：当然可以不回答。不过我还是继续问，你认为婚姻最重要的是什么？

吴秋明想了想说：这个不能一概而论。不同的人不一样，不同的时期也不一样。青年时期最重要的肯定是情爱甚至是性爱，进入中年，精神沟通变得重要了，当然，经济因素也变得重要了。到了老年，身体健康变得重要了，陪伴变得重要了。

马骁驭默默听着。想，每个女人都有她最动人的时候。有的女人是在厨房忙碌时最动人，尤其是用筷子夹一点刚烧好的菜喂到孩子嘴里，目光如圣女；有的女人是在舞蹈的时候最动人，她的身体已不再属于人类，已羽化成仙；有的女人是在弹琴的时候最动人，音乐带走了她的灵魂；有的女人是在读书的时候最动人（这个马骁驭深有体会，他读大学时有一次坐公交车进城，在车上遇见一个读书的女孩子，阳光透过车窗洒在她的身上和书上，实在是太美了！马骁驭一直看着她，一直看着她，她却始终没抬头，似乎忘记了周遭的一切。最终马骁驭坐过了站，和女孩子一起到了终点）；而吴秋明，这个女人是在谈话的时候最美丽。她在表达她独特的观点时，在若有所思时，在义愤填膺时，在自嘲时，都有一种和其他女人不一样的美丽。她的学识、性情、嗓音、手势融合在一起，有一种迷人的魅力。

头越来越晕乎，心越来越软乎。两人坐在灯光昏暗、乐曲低回的酒吧里继续聊着，喝酒、吸烟，还互相递烟，不像恋人，倒像两个兄弟。这样的经历，本是从未有过的，却让他瞬间产生了既视感。

恍惚中，马骁驭聊到了自己的母亲，聊到母亲去世带给他的伤痛。自母亲病重，马骁驭忽然醒悟了很多事情，也忽然体会到了过去不曾体验过的一些情感。对于生活一直比较平顺的马骁驭来说，母亲的去世就是重大的人生打击。但他在此重创后，一直未能得到心理释放。

当说到母亲昏迷几天，醒来连声叫他的名字时，他的眼圈红了。他有些不好意思，端起酒杯掩饰。

但他忽然发现，吴秋明也和他同样悲伤，不是同情，而是悲伤，不是为了安抚他而表现的悲伤，而是发自内心的悲伤。因为她的眼角和嘴角都耷拉下来，法令纹也格外明显，显然她的内心被难过的情绪控制了，脸庞呈现出晦暗之色，仿佛她遭受了重大打击。这让马骁驭的心有些战栗。还没有一个女人，为他的悲伤陷入如此的境地。

他试着想：如果是前妻，也许会走过来抚摸他，用肢体安慰他；如果是前女友，会说一些关于人必须承受苦难一类的话；如果是另一个前女友，也许会去给他煲个汤，暖暖他的胃。毕竟在这个世界上，没有人可以对另一个人的伤痛感同身受。可是吴秋明，却是和他一起悲伤、一起陷入，他感觉他们在心底最深处握着手。

这一发现，让马骁驭有了一种握住现实中吴秋明那只手的冲动。那只手就放在吧台上。但他克制住了。他想起《圣经》中常说的"怜悯人"或"动了慈心"，英文即 have compassion，意思是，"由于爱心的关怀而促成一种怜恤的感触"。那么，吴秋明此刻的怜悯究竟是怎样的？她的爱心仅仅是关怀，还是有情爱的成分？

马骁驭思绪紊乱的时候，吴秋明开口了。

她说：我特别能理解你的心情，我也曾失去过最爱的人，很长一段时间沉入悲伤无法自拔，甚至，产生厌世情绪。

吴秋明捋了一下前额的头发，用手撑在额头上。

马骁驭看着她，有所期待。 他想，该轮到她讲故事了。她失去了谁？ 父母，还是……恋人？ 他想知道。 交换彼此的经历往往是恋爱的规定程序。 交换经历，然后再交换共同的情感，再拥有共同的感情，百分之九十的恋人都如此吧？可是，吴秋明只是默默地盯着窗外，又回头盯着酒杯，喝了一口。

显然，吴秋明没有进入规定程序。

马骁驭有些意外，夹杂着失落。 看来吴秋明不打算跟他分享她的过去。 虽然他们是同学，可他们只是同学四年，那四年之前发生的事、四年之后发生的事，他都一无所知。 马骁驭只知道，吴秋明是县文科状元，入校时也不过十八岁。但她表现出来的成熟（比如沉默寡言的性格和成天钻图书馆的行为），加上她毫不动人的外貌，让人觉得她比实际年龄大很多。

很久，吴秋明才把视线转向马骁驭，声音喑哑地说：有一天，我终于明白了，只有我们看着所爱的人死去，才知道我们有多爱他。

这句话虽然不是马骁驭期待中的话，却一下子击中了他，一瞬间他喉头哽咽，眼眶湿润。 他终于克制不住地，握住了吴秋明放在吧台上的手。

十二

马骁驭做出一个重要的决定：跟吴秋明结婚。

本来应该说做出一个艰难的决定，但沾了"艰难"之后便有了流行语的色彩，显得不够郑重。马骁驭是很郑重的。他是在一夜未眠之后做出这个决定的。那一夜他翻来覆去的，把自己纠结成一根油条，再放到油锅里炸。外焦里也焦的时候，才终于放松下来，睡了一小会儿。早上醒来，他感觉神清气爽，纠结已打开，心情大好。

在做决定之前他认真梳理了一下这个决定的来龙去脉，确定自己最初产生想法，应该早在吴秋明的家宴上，只是他当时自己都没察觉。而后在他一次次对那些相亲女子失望的时候迅速发酵了，最终在酒吧一夜瓜熟蒂落。

他们的酒吧长谈延续到凌晨，这是马骁驭这辈子不曾有过的事。在他循规蹈矩的人生里，和男性一起长谈也不曾通宵，而且还喝着酒，还掏心掏肺。只是，当马骁驭控制不住地握住吴秋明的手后，吴秋明并没有扑进他的怀里痛哭，她抽出手，捂住了自己的脸，呜咽了好一会儿。

并不是所有的女人都要扑到男人的怀里哭泣，马骁驭想。

因为做出重要决定而有些心慌的马骁驭，把老贝从沙发上抱了起来，像举孩子那样举了三下。老贝从头顶往下受宠若惊地瞪眼看着他，不明白主人的反常源于什么。

他放下老贝，拍拍它脑袋说：以后你要乖一点儿。

他照例去卫生间做必修课。 在马桶上坐下，随手拿起一本《读者》，再随手翻开一页，就读到了一段仿佛为他准备的话：哈特费尔德的研究表明，人们接触的时间越长，越容易产生友谊或者爱情。 还举了个例，一个男子追求一名女子，为此写了七百多封信，最终女子嫁给了邮递员。 因为邮递员天天和女子见面，而写信的男子无论多么深情诉说，却只做了红娘。

这完全符合心理学上的那个说法，马骁驭想，人们总是喜欢对自己好的人。 或者说，要想对方喜欢自己，先去喜欢对方。 不过，很多恋人恐怕不认可这个说法，他们感到困惑的，恰好是在一起时间越长感情越淡漠（而不是越好）。 也许这里有个时间节点？ 相爱之前是接触越多越有感情，相爱之后就走向了反面。 也许如吴秋明所说，心理学也回答不了所有情感问题。

抛开他人，他对吴秋明的感情，究竟是日久生情，还是同情，或仅仅是心理愉悦？ 他也无法厘清。 可以肯定的是，他愿意和吴秋明在一起。 每次和她聊天后都能获得一种愉悦的心情。 他已经好多年没有过这样的状态了，只有在美国读博士的时候有过。

他们在一起时，他不必担心她不高兴，或者冒犯了她，甚至见面时也不必考虑给她买什么礼物，讨她欢心。 虽然吴

秋明曾酒后吐真言，说自己在等马骁驭，但清醒的时候她从不涉及这个话题。 这让马骁驭在放松的同时，更敬重她。他想（他不断地发现吴秋明的优点，是在为自己发现），这绝对是个理性的女人，相比较那些感性的（也是诱人的）女性，他还是更愿意和理性的女人在一起。

那么，他们这样轻松的没有冲突的关系，是基于彼此没有要求吗？ 他和前妻，和前女友、前前女友，彼此都是有要求的，即使是他和他的学生彼此也是有要求的。 所以冲突随时发生。 而他和吴秋明，他们之间的无求无欲，成了两人之间的润滑剂，还是绝缘体？ 应该是后者吧。

虽然没有来电，但他们在一起所发生的一些无关宏旨的细节，却常常令他感动。 这些小感动聚集起来，能量不小，以至于让他有了和她在一起过日子的冲动。 然后，冲动又蜕变为理性的抉择。

马骁驭不得不承认，在他们交往的这段时间，吴秋明完胜。 要学问有学问，风趣幽默，"三观"正确，还擅长烹饪，对了，还有专一的情感态度（从大学到现在二十多年不变心，比《霍乱时期的爱情》里的弗洛伦蒂诺还要专一，弗洛伦蒂诺虽然等了五十年，可其间女人不断，多达六百多个，只是精神上等待而已）。 相比之下，吴秋明仿佛是个女神，借着一个最简陋的躯体来到了人间。 他马骁驭终于在历练几十年后，看破外表的虚华，欣赏到了金子般的内心。 他想和这样的人生活在一起，不是说没她就不能活（那是虚伪的），而是有她生活会更好。 或者说，能和她一起生活是他的福气。

唯一让他感到缺憾的，是他对她始终没有产生性冲动。也许是因为吴秋明比较克制自己，总表现出理性的一面？ 真的进入了婚姻会不同吧？ 是不是没必要太看重性在婚姻中的作用，而更应当看重两人之间的精神交流？ 马骁驭自己也不明确。 他只是明确一点，他愿意和吴秋明共度余生。

其实他们曾经谈到过婚姻，就在酒吧长谈那个夜晚。

是马骁驭先说起父母的婚姻。 他说他父母的婚姻是失败的，母亲为了他委曲求全三年，直到他考上大学才和父亲分开。 可是他也无法埋怨父亲，父亲有他追求幸福的权利。他只能尽可能地对母亲好，弥补母亲在情感上的巨大空洞。不料母亲却如此不幸，在儿子有能力有心情陪伴她时，离开了人世。

吴秋明没有接话，马骁驭问：你父母的婚姻怎样，他们还好吗？

吴秋明说：我父母，他们谈不上什么婚姻，婚姻是一种平等的说法，他们没有。 只能说，我母亲嫁给了我父亲，嫁给了我父亲的家，为吴家传宗接代。 如此而已。

马骁驭虽有些意外，也觉得吴秋明说得有道理。 千千万万的农村妇女，恐怕一辈子都不知道什么叫婚姻。

吴秋明接着说：我母亲生了我们三姊妹加上一个弟弟。我知道她是为了生儿子才不得已生了我们三姊妹，所以她完全不记得我们三姊妹的生日，甚至连哪年生的都很模糊，取名字就更潦草了，大姐叫大妹，我叫小妹，妹妹叫么妹。 我现在的名字，是上学后老师改的。 为此我很感谢我的老师。父亲总算还记得我们的属相，我是从属相推断出自己的年龄的，至于具体日子，母亲说，反正是收玉米的时候。

马骁驭忽然意识到，他和吴秋明的差异，不仅仅是外在，还有出身，他完全无法想象一个母亲说不出自己孩子的生日。 他的母亲，不仅知道日子，还能说出是星期六，还能说出是凌晨三点。 难怪吴秋明说，她根本不知道自己是什么星座，还调侃说，自己是玉米星座。 吴秋明比他想的还要悲苦。 这样的悲苦让他产生了心疼和内疚。

也许马骁驭的眼里流露出了深切的怜悯，吴秋明忽然说：没什么，你不用可怜我，更不要有什么负担。 这是属于我的命。 我说这些，仅仅是因为你问到，告诉你事实。

马骁驭在简单的洗漱、早餐之后，开始考虑怎样向吴秋明告白。

这是个技术问题，却会影响到感情的表达。

马骁驭泡了杯茶，放了个碟片，是舒缓清新的有如四月田野的钢琴曲。 听着钢琴曲，他想起了吴秋明的口琴声。什么时候去买张口琴的碟片回来，他想。 他非常认真地坐下来，考虑接下来该怎么做。 老贝见状迅速跳上沙发，调整好姿态，把脑袋趴在他的腿上，还努力把头钻进他的手心里，要他抚摸。 他们经常以这样的状态互相依偎。 也许，吴秋明和糖糖也经常这样互相依偎吧?

最直接的当然是当面告白,去找她,看着她的眼睛说:我们结婚吧。 或者,我们在一起吧。

但感觉有些困难,毕竟,他们都是四十多岁的人了。 何况,在此之前,他们并没有进入到恋爱状态。 这么告白会不会突兀? 虽然他知道吴秋明愿意和他在一起,可他们之前毕竟一直是以同学身份相处。

那么,先发一封电子邮件? 郑重地写出来,像写情书一样,告诉她这一年来,准确地说,在他们交往几次后,她让他产生了好感,这好感使他想和她在一起生活。

会不会显得太公文化了?

还是先铺垫下吧,约她出来,适当的时候再表达。 她一定会大吃一惊的,所谓又惊又喜,惊喜交集。

于是马骁驭发了个微信给吴秋明:早上好,在做什么呢?

有几分随意,几分亲切。

吴秋明没有回复,不知在忙什么。 她并不像大多数女人那样,总是看着手机(这也是她的优点之一吧),多数时间她坐在电脑前,偶尔坐在沙发上看书。 再或者,走出家门,用她的话说,去做事。

马骁驭耐心等了一会儿,大概十分钟,没等到短信,却等到了吴秋明的电话。 她居然直接打过来了,不过声音一如往常的平静。

她说：嗨，我正想和你联系呢，我今天要去儿童村，就是我跟你提起过的，你不是说也想去看看吗？

马骁驭道：好啊，一起去。我今天正好没课。

吴秋明曾经跟他说起，她每周都要做的公益，就是去儿童村。她坦率地告诉马骁驭，最初去那里，是想领养一个孩子，去了后才意识到，领养哪一个心里都纠结，因为每个孩子都让她心动、心疼，她索性一个都不领了，每周来看孩子们，给孩子们读书、洗头、洗澡、剪指甲，已经坚持近十年。与此同时，她也正好对儿童以及青少年的认知、思维、情绪、人格和能力等，做一些调研。

于是约好，马骁驭开车到吴秋明家接上她，然后去儿童村。

十三

天气晴朗，蓝天白云的，一眼望去很惬意。你眼中的世界实际是你心理的投射。吴秋明如果在旁边肯定会这样说的。马骁驭不禁微微一笑。

十一月了，街两边的行道树依然浓绿，只掺杂少许的黄叶，反而更有画面感。南方的树总是在春天落叶，落叶的同时新叶就生出了，树叶们在树枝上停留的时间几乎长达三个季度。由此想，南方的树是很辛苦的。

到达小区，门口的保安照例拦住了马骁驭的车，他耐着性子报了门牌号码和户主姓名，栏杆抬了起来。他忽然感觉自己心里的那根栏杆，也是这样抬起来的，只是从栏杆下通过的，应该是吴秋明。

马骁驭从后视镜里看了眼自己，感觉自己依然算得上英俊，就算减去百分之三十的夸大，也还不错。据说人在镜子里看到自己的长相，要比实际的好看百分之三十。因为人照镜子的时候，大脑已经进行了自动的脑补。这也是情人眼里出西施的原因，当你爱他的时候，你也会为他的长相自动进行脑补。

好看的人总有一天会看腻，丑的人却会越看越顺眼。

吴秋明下楼，快速走来。难得地穿了件蓝色小碎花的薄棉衣，看上去是旧的。马骁驭心里一个打闪，想起了母亲。也许是注意到了马骁驭的目光，吴秋明上车后主动解释说，这件衣服会让孩子们感到亲切。

马骁驭说：你真有心。

吴秋明说：你知道那个著名的"绒布妈妈"实验吧？

马骁驭说：不知道。

吴秋明说：是上个世纪一个叫哈利·哈洛的心理学家做的实验，他把刚刚出生的小猴子和妈妈分开，关在笼子里用奶瓶喂养。因为当时科学界认为婴儿的最佳成长条件就是充足的食物和干净的环境，这样喂养的小猴子果然很强壮。但他发现小猴子们总是吮手指头、发呆，神情漠然。他分析是缺少母爱的缘故，于是给小猴子做了两个假妈妈，一个是有奶的"铁皮妈妈"，一个是没有奶的"绒布妈妈"。结果哈洛惊奇地发现，小猴子只会在饿了的时候去"铁皮妈妈"那里吃奶，绝大多数时间（超过十二个小时），它们都依偎在"绒布妈妈"身边。这个实验说明，母亲并不仅仅意味着有食物，还要有温暖的怀抱。温暖的怀抱对小猴子来说非常重要。

马骁驭说：太有意思了。

吴秋明笑道：所以我每次去儿童村，都要一个个地挨着去拥抱那些孩子，尤其是两三岁的孩子，我会多抱他们一会儿。我给不了他们一个完整的家，至少给他一个温暖的怀抱。我知道那对他们来说有多重要，也许他们自己都意识不到。何况我不仅仅是"绒布妈妈"，我还有温暖，有心跳，有笑容，我真心爱他们。

马骁驭忽然有了一种拥抱吴秋明的冲动。

他暗想，也许吴秋明没有意识到，这拥抱其实是彼此需要的。她作为一个女人，肯定有做母亲的天性，每周和孩子们一起待一天对彼此都有益处。何况，一个长期单身的女人，也是需要拥抱的。

到了西郊，停好车，他们一起走入一条小巷。

吴秋明虽然个子矮小，步子却很大。马骁驭感觉和她走在一起速度蛮接近。进入一条小巷时，眼前出现一个旧木门。马骁驭一眼看到了门旁挂的牌子，某某市第一儿童村。

吴秋明熟门熟路地进入，孩子们正在院子里玩耍，有好几个围上来叫吴妈妈。吴秋明左揽右抱，踉跄地往里走，和迎上来的老师们一一握手，并把身后的马骁驭介绍给他们。

"这是我大学同学，现在是大学教授。他也在做儿童心理学研究，听我介绍了你们这个地方，想来看看。"

尽管吴秋明这样介绍了，老师们看马骁驭的眼光依然是暧昧的：哦，太好了。欢迎欢迎。

不过她们的笑容很真诚，从她们的笑容里可以看出，吴秋明与她们之间的关系，已经像老朋友了。

后院停着一辆卡车，正在往下卸东西，有几个老师在搬运卸下来的纸箱，大一点儿的孩子也在帮忙搬，似乎是水果和食品。马骁驭也连忙过去帮忙，想免去站在那里被众老师打量的尴尬，但被老师们阻止了，她们热情地把他拉进办公室，要他喝茶。

那个下午，马骁驭也收获不小，他咨询了老师们很多关于孩子的问题，这些孩子大多是被遗弃的，和正常家庭长大的孩子在心理上有着许多不同。马骁驭一边听一边产生了做研究课题的冲动。

马骁驭从院长办公室出来，一眼看到院子里的一个场景，吴秋明挽着袖子在给几个女孩子洗头。初冬的阳光洒在院子里，让这普通的场景呈现出非同一般的美丽。一个已经洗好头的女孩儿，披着湿漉漉的头发在一旁帮吴秋明递毛巾，吴秋明舀起一瓢水，缓慢地淋到水池边另一个女孩子的头上，阳光穿透水柱，发出宝石般的光芒。

马骁驭定定地站在那里，又产生了既视感，这样的场景他在哪里见过？ 就仿佛见到了自己的灵魂，随时都在，却无法捕捉。 他一动不敢动，害怕惊动它、打碎它。

那一刻，他动心了，再次动心了。 一个人对一个人动心，肯定是一次又一次，尤其是在他们这个年龄，需要无数次的小动心，才能汇合成冲破樊篱的勇气。

他看到吴秋明拧干毛巾，给孩子擦头发，很认真，很仔细，脸上洋溢着一种光芒，这光芒让马骁驭忽然有了一种性冲动，头一回，他渴望把吴秋明拥入怀中，给她爱抚。

他走过去，帮吴秋明把用过的毛巾搓干净，一一晾到铁丝上，转过身时，看见头发湿漉漉的女孩子正趴在吴秋明的怀里，左右摇晃，半个脸埋在她怀里，半个脸沐浴在阳光下。 另一个小男孩儿跑过来说，还有我，还有我，吴妈妈! 吴秋明伸出另外一只胳膊搂住了他。

马骁驭拿出手机，拍下了这个画面。

而后他走到她身边，以从未有过的语调说：以后我每次都和你一起来，好不好？

那语调令他自己都感到陌生，估计他的脸也微微红了。吴秋明有些困惑不解：你说什么？

马骁驭不好意思了，换了个语调说：我是说，有没有什么我可以帮忙的？ 我也想为这些孩子做点儿什么。

吴秋明说：有啊，要不你给孩子们买口琴吧，我想教他们吹口琴。

马骁驭说：没问题。 需要多少？

吴秋明说：等我统计一下吧。

马骁驭走开去，给其他孩子拍照。

十四

吴秋明失踪了。

当然不是在社会意义上的失踪，只是在马骁驭这里失踪了。

从儿童村回来，马骁驭就再也联系不上她了。 打电话总是关机，发短信也不回。 说好三天后再去酒吧碰面的，她也没出现。 这么爽约，不像是吴秋明所为。 显然，她是在躲避自己。

那天从儿童村回来的路上，他向她表白。 他说：我们结婚好吗？

吴秋明当时非常惊愕，马骁驭没转头也能感觉到，她甚至发出了轻微的一声"啊"。 马骁驭心慌了，把车停在路边，看着她重新说了一遍：我们结婚吧。 他用略微轻松的口吻说：嗯，我想整个后半生都能和你聊天。

吴秋明躲开他的目光，摸出烟来点上。 脸上完全没有他想象中的样子，比如惊喜，比如羞怯，比如感动。 没有。 只有惊愕，甚至有点儿吓到的样子。 这是怎么了？ 她不是一直在等着他表白吗？ 这么多年了，她不是一直在等他吗？

是事情过于突然，还是她另有其人了？

马骁驭只好结结巴巴继续表白说，这段日子的相处，让他意识到他愿意和她在一起，她就是他渴望共度余生的那个人。

"对不起，我想我们都人到中年了，没必要说那些抒情的话，所以就直截了当了。也许我太直接了？"

吴秋明依然不说话，大口地抽烟，似乎在平息自己的心情。

马骁驭有点儿沉不住气了：难道我误会你了？我一直以为……

吴秋明终于说：不不，你没误会，我是说过，说过那样的话。但是，但是，我还是没想到……你那么优秀，你各方面都那么出色，我以为我们永远不可能。

马骁驭松口气，说：也许随着年龄的增长，明白了什么才是最重要的吧。年轻时看重的一些东西慢慢退居其次了。

吴秋明还是不语。吐出的烟雾在她凝重的脸庞上飘散。有一瞬间让马骁驭觉得她是自己的判官，他紧张得不敢动。

这时有人来敲车窗，比画手势，大概意思是此处不能停车。马骁驭只得重新启动，继续向前开。

吴秋明终于说：对不起，太突然了，我需要想想。

马骁驭说：当然。这是大事。希望你相信我不是一时冲动，是经过慎重考虑的。其实今天早上我发短信给你，就是想说这些话，我昨天想了整整一晚上。

吴秋明的持续沉默，让马骁驭说不下去了。 他把她送回家，离开。 离开前，他们约好三天后，再在那家酒吧见面。

那三天里，马骁驭反复梳理了自己的情感，梳理了他们之间的关系，确信自己是理性的决定。 他甚至为自己找出了理论依据。 美国心理学家纳撒尼尔·布兰登认为，我们之所以会持久地爱上一个人，本质上是因为你的灵魂真正地被一个人看见了，你就会爱上这个人。 当你发现，别人看你的眼光跟你内心深处最真实的自己对自己的看法是一致的，并且对你的言行表现出理解，你就会有一种深深的被"看见"的感觉，就会产生爱。 他和吴秋明之间，难道不就是这样的吗？ 他们能彼此看见，彼此理解，可以会心地微笑，可以在心底深处握手。 自己的判断不应该有误。

第二天早上，马骁驭忍不住给吴秋明打电话了，他感觉自己头一天有些话没说到位，应该再清楚地表达一下。 而且，向一个女性求婚，自己显得太生硬，柔情不够。

结果没打通，连那个悦耳的口琴声都没听见，那个他已经听熟了的《千里之外》。 只有一个冷冰冰的声音在说，您拨打的号码已关机。

他想她是不是在开会什么的，不方便，就发了一条很长的微信，意思是说，他对她的感情是真诚的，绝对没有怜悯、同情之类的杂质，是她的优秀品质征服了他。 她让他看到了自己的灵魂，产生了爱，这爱既有精神之爱，也有男女之爱，他渴望和她共度余生。

可是一直到夜里，吴秋明也没有回复。

三天后，马骁驭按约定来到那家酒吧，一直等到凌晨，吴秋明也没有出现。他硬着头皮给王静打了个电话，王静颇有微词地说：我哪儿知道她上哪儿去了，人家是专家级的人物。他又往她的单位打了个电话，称自己是心理学会的，单位上的人说，她请假回老家了，说家里突然有急事。

家里有急事？有急事为什么不跟他说一声呢？

马骁驭去买了二十个口琴，去儿童村，他跟院长说，是吴秋明让他买的。院长却说，吴秋明打电话告诉她，要出远门，这段时间暂时不能来了。

马骁驭实在按捺不住，去了吴秋明家。

走进小区，他一下就听见了琴声，口琴声，《千里之外》。他心里满是喜悦，兀自微笑。嗨，着急半天，很可能吴秋明就在家里宅着呢，她只是不想被打搅，想一个人安静一下。

可是走上楼，按门铃，无人应。琴声也消失了，安静无比，连糖糖的吠声都没有。

他再打她的手机，仍是关机。

刚才那琴声从何而来？

不会是出了什么事吧？一个独居的女人，也容易让人这样猜想。马骁驭便去小区门口问物业，物业说她外出了，把糖糖托付给了他们。马骁驭问要出去多久，物业说不清楚。

这样说来，她的失踪，是在躲避他。

马骁驭不明白事情怎么会变成这样，是他哪里做错了吗？无意中伤害到她了吗？左思右想，不得安宁。他还从来没有被一个女性搞得这么不得安宁过。所谓大反转，就是这样吧。

"因为我们彼此都行踪不明，尽管你知道我曾对你钟情！"马骁驭脑子里冒出了波德莱尔的这句诗，有些酸楚。他起了个念头：坐长途车去吴秋明的老家，去那个她多次提到过的叫作古柏村五组的地方，找到她，面对面地问个清楚。

但就在这时，马骁驭收到一个快递，里面是一本书，书里有一封厚厚的信。

十五

骁驭，非常抱歉，让你等了这么多天。我知道你一直在等我的回复，或者在找我，我却不知该怎么面对你。我一直认为自己是一个很能把控事情方向的人，却不料最近这些日子有些失控。

骁驭，首先要谢谢你，和你的偶遇，和你之后的几次相处，都给我带来了非常多的快乐。如你所说，我们彼此能理解、能看见，我非常愿意和你一起聊天，那种默契和会意，是从未有过的。

我们之间的默契，是建立在彼此的尊重和欣赏上的。

但不知你是否察觉,这尊重和欣赏又让我们保持着距离。或者说,是我有意与你保持了距离。我想说你并不真的了解我,这不了解是我有意造成的。人的知情意、感知觉,都源于人的眼耳鼻舌身,我的身不同于他人,我的感知觉就不同于他人,你不了解我的身,自然不了解我这个人。

我曾经告诉你我有过短暂的婚史,你一定奇怪我这个从来不看好婚姻的人为何会结婚?现在我告诉你,我结婚是为了一个人,离婚也是为了一个人。可这个人最终还是离开了我,离开了这个世界。她的离世,是我这辈子最大的罪孽。所以在我的内心世界里,我是个有罪的人,我所做的一切,都是为了向她赎罪。

我小时候家里很穷,这个穷,不是说破衣烂衫吃不上饭,饭还是有的吃的,但每一碗都要算计。加上孩子多,母亲脾气暴躁。偏偏我小时候胃口好,特别能吃,母亲恨恨地骂我比猪还能吃,看不顺眼就打。有一次母亲打我的时候,我们村会计家的大女儿荷香姐正好来我们家,她连忙上前拦住母亲,把我搂进她的怀里。虽然我的脑袋已经被母亲扔过来的柴棍打出了血,血蹭到了她的衣服上,但她的怀抱让我一点儿也感觉不到疼痛了,因为我平生第一次感觉到了人体的温暖。自有记忆起,我就没有被母亲抱过,在我还不能站稳时母亲就把我放到了地上。我像个小狗小猫一样在地上爬、滚、摔,直到能站立。我不知道被人拥抱会如此幸福,人的怀抱会如此温暖。我就像那个睁开眼看到母鸡的小鸭子,以为母鸡就是自己的母亲。后来我一挨揍就会往荷香姐家里跑,有时候没挨揍也会找理由去。荷香姐比我大6岁,她总是像个母亲一样安抚我、拥抱我。我贪恋她的怀抱,我的暗无天日的生活因为她的怀抱终于有了一点阳光。

后来,我变得越来越依恋荷香姐,认定这个世界上只有她是我的亲人。我时常悄悄地把好吃的拿给她,帮她做事,给她讲学校里听来的笑话。看她开心我就感到幸福。我像个影子一样跟着她,她去河边洗衣服我也去,记得有一次洗完衣服,我们就依偎着坐在河边,一句话也不说,直到天黑。

没想到幸福很快被终结。荷香姐20岁那年,家里给她说了一门亲事,男方在我们对面那座大山里。我听说了后发疯一样大哭大闹,嗓子都哭哑了。可是穷人家的孩子眼泪是不值钱的。荷香姐也哭,她不想嫁给那个陌生男人,她舍不得离开我。可是,她父母已经收了人家的彩礼,无论荷香姐怎么悲伤,天天以泪洗面也毫无用处。穷人家的孩子不配悲伤。

我们老家有个习惯,女儿出生时会种一棵树,等女儿出嫁时就砍了那棵树,做箱子当嫁妆。那些日子我不吃不喝,成天抱着那棵树,我以为只要树在,荷香姐就嫁不成。可是砍树的人来了,像提溜小鸡仔一样把我提溜到一边,我再扑上去的时候,撞到了一个人的砍刀,当时就满脸是血。我真的想一死了之,还是没有勇气。

伤好后我成了一个丑女子。除了埋头苦读,没有任何想法。我只希望自己有朝一日出人头地,能把荷香姐救出来。

考上大学后,天真幼稚的我,连着给荷香姐写了几封信,却从未收到过她的回信。那年暑假,我按捺不住跑进山里去找她。她正在地里干活,面容憔悴,眼里没有一点儿光亮。她见到我忍不住大放悲声,诉说丈夫和婆家对她的种种虐待。我真的心疼万分,比自己遭罪还要难受。冲动之下我带着她逃出了婆家,逃到了县城。可是仅仅几天我们就过不下去了。我是个连自己都养不活的穷学生啊。我只好把她送回到娘家,希望她能在娘家躲避一段日子。

那几天,我跟荷香姐在一起的那几天,成了我一生中最重要的日子。我们幸福而又痛苦,痛苦而又幸福。我终于知道,我们不只是姐妹,还是爱人。

可是我把她送回娘家后,娘家很快又把她送回了婆家。我返回校没多久,就听到了噩耗:她回到婆家后,男人变本加厉地虐待她,她受不了了,喝了农药……

是我害死了她,害死了我的爱人。我曾经跟你说,只有我们看着所爱的人死去,才知道我们有多爱他。我说的他,其实是她。

因为她,我无法再接受任何人。可是大学一毕业,父母就逼着我结婚,因为老家传出了关于我和荷香姐的种种流言,他们受不了,他们觉得丢死人了。于是我匆匆忙忙嫁给了县上一个公务员,可是结婚的当晚我就跑掉了……

我厌恶虚伪的一切,我不想背叛自己。

更何况这世上我唯一爱过的人因我的过失死了,那么,她死后我唯一能做的,就是赎罪。

我曾说我喜欢超越自己,挑战自己,其实,我是在赎罪。

骁驭,我从未对人说起过这一切,这一切一直深埋在我内心的墓地中。我无权享受快乐,我只能活在自己的世界里。却不料你走了进来,这些天我反复想,你有权知道这一切。

我的不幸是出生在一个贫苦的没有爱没有温暖的家庭,我的幸运是父母总算给了我一个健全的大脑;我的不幸是天生其貌不扬后天又加重了外在的缺陷,我的幸运是没有因此生就偏执的性格和阴郁的心理;我的不幸是没有女性的魅力和欲望,我的幸运是因为喜欢读书而有了读书人的魅力和欲望;我的不幸是不能和普通人那样去男欢女爱享受快乐,我的幸运是我终究找到了我自己的最爱;我的不幸是遇见了你却不能爱你,我的幸运是最终能被你欣赏和接受。

幸与不幸交织在一起,就是我的人生。我很满足这样的人生。

我跟你说过，我是杂质，我坦然接受这样的自己。

对不起，骁驭，我利用了你，我以为你永远不会爱上我，便用你来掩盖我的不想被世人知晓的真相。我没想到事情会成为这样。我没想到我又多了一重罪孽，我只能继续赎罪了。

信到这里，戛然而止。

信是夹在一本书里的，书名是《心是孤独的猎手》，美国女作家卡森·麦卡勒斯所著。

写于 2015 年初夏到初秋

一

见到您真的太高兴了。 您和我想象的一样，温和、亲切。 一看见您，我之前的忐忑不安就消失了。

谢谢您这么快就和我见面了，真的，非常感谢。 在经历了那些事情后，我总是失眠，心情压抑。 丈夫让我去找心理医生，我不愿意，我不想被医生分析过来分析过去的。 我没有心理问题，我就是有点儿郁闷。 谁又不郁闷呢？ 母亲常说，活着，并且郁闷。

我就是想找人聊聊。 我需要说说，再不说我就会……其实也不会怎么样，死不了，只是很憋，很难受，也许会出现精神上的心肌梗死。

在给您打电话之前，我把我的朋友想了个遍，怎么也找不到合适的人。 以前我听人说过，最苦恼的时候找不到人诉说。 我当时还不以为然，暗想，是不是他们交的朋友质量不够高？ 这一次我体会到了。 这和朋友质量没关系，而是是否合适的问题。 所以，我还是决定找您，和您谈谈。

真不好意思，打搅您了。 这并不是什么好差事，没有哪个人会对别人的事长时间热衷而不厌倦的。 即使是热恋中的人，倾听也需要互相交换，你说一段我说一段，对吧？ 人的本能决定了人百分之九十关注的都是自己。 这与道德无关，是人的自私的基因决定的。 我母亲说的。

可是我找您，只能让您一直听我讲了。 您不是我的朋友，也不是我的心理医生，我也只能厚着脸皮这么做了。 我们素昧平生，仅仅是一通电话，仅仅是凭一句"我是您的读者"，您就答应了我，真让我又感动，又感谢。

您喝茶。 这是我特意从家里带来的茶，我怕茶室的茶不好。 这个茶是去年我跟一个懂茶的朋友买的，蜜兰香单枞，香气实在是迷人，迷人到奢侈。 因为比较贵，我只买了一百克。 但喝了一次之后，就再也没时间坐下来品它了，差点儿忘了买过它。 您闻闻，是不是很香？

我受母亲的影响，很喜欢文学。 只是我母亲偏重古典文学，我更喜欢当代文学。 我从上大学起就订了几本文学期刊。 您的小说我就是在那些期刊上读到的。 我印象深刻的一篇是，您写了一位退休教师，独居，为了打发难熬的日子，她每天都按课表来。 比如早上买菜是早读，看报纸是第一节课，写毛笔字是第二节课，还有社会活动什么的，对吧？ 我印象太深了。 课间休息就是做游戏，悄悄趴在门边，猜测那些路过她家的脚步声是谁的。 看得我又好笑又心酸。 您是怎么知道这些的？ 您认识这样一位老师吗？ 不好意思，我是外行。

读您的小说，我感觉您很善解人意。 所以我到处打听您的电话。 我感觉若能和您聊聊，将是我人生中的幸事。

我不是想聊我自己，我这个人挺乏味的，没什么特别的经历。 我是想和您聊聊我的母亲。

我的母亲，我该怎么介绍我的母亲呢？

说来也很普通，她个退休编辑，生于二十世纪五十年代初。 在一般人眼里，就是个气质不错的大妈。 可是在我眼里，她很了不起，一直是我的偶像，做她的女儿我压力很大。 这样说吧，截止到今年春天，我都一直以为我母亲永远都是那个让我佩服的母亲，不会改变。 可能很多子女都会觉得，自己的父母会一直在那儿，在他们身后，在某个角落，默默存在着，以备他们不时之需。 更何况我的母亲那么强大，在我眼里，她有一个金刚不坏之身和一个金刚不坏之脑，真的，我一直这么以为。

可是没想到她出了问题，且来势凶猛。 我一下感觉我的世界都坍塌了。 我这才意识到，我的世界是以我母亲为底座的。 底座一松动，整个世界就摇晃起来。

我母亲病了，并不是一般意义上的绝症。 如果那样，我会非常悲伤、难过、痛苦，但不会混乱。 而现在的我，是陷入了混乱。 因为混乱，我在和您谈话时可能也会混乱，想到哪儿说到哪儿。 您如果不清楚，就打断我，问我好了。

二

就从今年三月说起吧。当生活状态混乱的时候，只能顺着时间之河走了。您过奖了，我哪里擅长表达。不过我的确是个老师，已经有十五年教龄了。

我记得很清楚，是三月下旬，天气已经暖和了，阳光让大地肿胀发亮。那天下课我走出教室，心情愉悦。我喜欢春天，不要说百花争艳了，光是树叶都有十几种颜色。我心情愉悦还有个原因，上午的课很顺利，我自己发挥得不错，同学们的反应也可圈可点。

可有时候就是这样，好日子的跟前就埋着一颗雷，你不知道什么时候就踩到它了。我一边走一边从包里取出手机，上课时，我总是把手机调成静音。一看，居然有三个未接电话，都是小姨打来的，这种情况很少见。

我马上回电话。小姨上来就说，你妈今天和你联系过吗？我说没有啊，怎么了？小姨说，嗨，你怎么不接我电话？急死我了。我说我在上课，手机静音了。

小姨低声说，你妈好像不对劲儿。我妈？她怎么了？小姨说，今天一早她发信息给我，就一句话，"我需要和你谈谈"。我一看那么严肃，连忙问她谈什么。她不回我。我又问在哪里谈，她还是不回我。我就直接打电话过去，她不接。我心里觉得不对劲儿，只好给你打电话，你也不接，急死我了。

我说，她可能人机分离。

小姨说，哪里呀，我还没说完呢。 我就干脆去她家了。我想她一个人在家，会不会有什么事？ 没想到她不在家，更没想到的是，她的钥匙插在门上。 我再打给她电话她还是不接。 你说是不是很奇怪？

我有些心慌了，母亲从未这样过。 但我还是安慰小姨说，也许她有什么急事出门了，忘了带手机。

小姨说，不。 以我对她的了解，没那么简单。 你都知道，她手机不离身，接电话回信息都很快的，像个年轻人。 而且干什么都很有条理，还老批评我糊涂，经常告诫我出门前要念一句"身手钥钱（身份证、手机、钥匙、钱包）"。 可是她居然把钥匙插在门上没拔，她这辈子都没发生过这样的事。

在小姨讲述的过程中，我的心不停地晃荡，像十五个水桶，还是漏水的桶，七上八下。 我催问，后来呢？

小姨说，我就一直等着，因为她钥匙插在门上，我就开门进屋等她。 后来她回来了，若无其事地拎着菜。 我总算松了口气，我埋怨她：你干吗呢，怎么不接我电话？ 是不是忘带手机了？ 她说带了的，不带我怎么买菜。 我说，那我给你打了几个电话你都没接？ 她拿出手机看了一眼，很淡定地说，哦，我开了静音。 我说，你怎么钥匙插在门上就走了？ 你妈这才略略有些吃惊：是吗？ 不会吧？ 我说，不然我怎么进来的？ 你妈说，哦，我出门后感觉要下雨，又倒回来拿伞，就忘了。

小姨说，你妈跟我解释的时候，有点儿紧张，像犯了错误似的，也不抬眼看我。 她很少这样，她总是底气很足。这一来搞得我也紧张起来，也不敢再说她什么了。

我安慰小姨说，难免的，毕竟她也是奔七的人了。

小姨说，我怎么感觉心里很不踏实？ 总觉得她跟你爸离婚后，有点儿不对劲儿。 你不觉得吗？

我说，他们离婚后我去看过她几次，好好的呀。

小姨叹了口气，说但愿没事。

我放了小姨的电话，打开微信，赫然发现母亲也给我发了一条同样的信息：我需要和你谈谈。

看来她不只给小姨发了，也给我发了。 问题是，谈什么？ 谈她为什么离婚吗？ 一个月前当我追问她为何离婚时，她说她还没整理好，整理好了会和我谈的。

我犹豫了一下，没给母亲打电话。 我不想让她知道小姨给我来过电话，不想让她知道她今天的糗事已经被我知道了。 我若无其事地给她回了条微信：我刚下课。 你想什么时候谈呢？

母亲好一会儿才回复了一句：发错了。

这回复实在不像我的母亲。 母亲极少发错短信，而且还连续发错两个人，而且还是这样的内容（而不是"周末你们来不来"）。 "我需要和你谈谈"，一句多么沉重的严肃的甚至是预示着麻烦的话。

但我没再追问下去。我心里替她辩解，她六十八了，奔七了，出错难免。比起同龄人，她已经算脑子很灵光的了。我有些自责，我已经有一个星期没去看母亲了。刚开学太忙。但我还是告诉自己，这不是理由。母亲现在是单身一人，而我是她唯一的女儿。

我提醒自己，母亲不再是过去那盏省油的灯了——过去不但省油，还总给我光亮，我得多去看看她。尤其是，她现在是一个人。

我给父亲打了个电话，父亲也没接。父亲没接很正常。我收拾东西准备回家，刚坐进车里，父亲的电话就回过来了。

我调侃说，刚才是不是在麻将桌上，顾不上接电话呀？父亲不好意思地嘿嘿两声。我说，我妈今天联系你了吗？父亲说，没有吧？我看一下手机哈……哦，有条她的短信："我需要和你谈谈。"父亲一字一顿地念出来，念出这句让我心里发怵的话。

父亲发牢骚说，奇奇怪怪的，谈啥子吗？在一起都不跟我说话，现在谈啥子谈，又起啥幺蛾子。

原来，母亲发错的是三个人。不，说不定还不止，说不定她搞成群发了。幸好她朋友圈人少，据说不超过三十个。我敷衍了父亲两句，直接开车去了母亲家。

您可能不理解，一个六七十岁的老人出点儿差错，丢三落四，有什么可紧张的。 但我母亲她不是个一般的老人。容我慢慢讲来。

那天晚上，我在母亲那儿待了很久，陪她一起吃了饭，又陪她聊了好一会儿。 我没再提她今天发错信息的事，如果她意识到自己做错了什么，她会忐忑不安。 因为，她是个不犯错误的人。 我不想加重她的不安，我只是旁敲侧击地询问她最近如何。

母亲就讲了她最近在听的书，在追的剧，在玩的游戏——母亲总是把自己的生活安排得很丰富，她是个游戏高手，什么斗地主、赛车都是小意思，她还会玩《魔兽世界》呢。

整个聊天过程中，我感觉母亲挺正常的，基本没什么异常。

我之所以说母亲"挺正常""基本没什么异常"，而不是说非常正常，完全没有异常，是因为，我还是感觉到了她的一点变化。 比如，我感觉到她急于跟我说话，像过去那样滔滔不绝；可是说的时候又经常卡壳，你能感觉到一个词从她嘴里出来时，被某个看不见的东西挡住了。 这样的阻挡让她焦虑。 这样说吧，以前她总是谈笑风生，现在谈笑依旧，不再生风。

回家后我给小姨打电话，让她放心，我说，我去看过我妈了，她挺好的。 今天这事儿应该就是个意外，偶发事件。

但小姨不能释怀，坚持说母亲有点儿反常，坚持认为她

·

离婚后变了。 好像非要坐实母亲反常才罢休。 我只好反驳她说，虽然离婚是个大事，但我妈不可能因为离婚就反常。因为她不是被动离婚的。 离婚完全是她一手策划并实施的。也就是说，离婚是顺了她心意的，干吗要影响情绪呢？

小姨欲言又止的样子，叹了口气。

三

您问我母亲是什么时候离婚的？ 就是今年。

对了，我应该先跟您说说离婚的事。 似乎每件事，都有一个更远的开始，追究起来，不知哪个是真正的源头。

我还是倒回到二月吧。 他们是二月离婚的。

您肯定很惊讶。 很多人都惊讶，一对已经结婚四十年的夫妇，突然离婚了。 一个六十八，一个七十二，就算不是离婚夫妻中最年长的，至少也是很靠前的。

我母亲素来能干并且强势，以她的能力，把离婚的事打理得波澜不兴，我也不会意外。 但母亲事后才打电话告诉我，我还是有些生气，甚至，震怒。

当她简单明了地告诉我，她要和我爸分开时，我冲着电话大叫起来：为什么？ 为什么？！

母亲说：你不觉得我们不合适吗？ 她慢条斯理地说。她总喜欢用反问句式，动不动就反问，好像一反问她就很在理似的。

我生气地回答说，不觉得！

母亲说，那我来告诉你，我觉得我们不合适。

我依然很生气：不合适？ 不合适你们也结婚四十年了，都过了金婚了！

母亲依然慢条斯理地说，五十年才是金婚呢。 就算是金婚，也没谁规定金婚不能离的。

我母亲是典型的永远有理，真理的妈。 我肯定说不过她。 她看我那么生气，劝解似的说，你不用那么气，每天都有成千上万的人在离婚，离婚率快赶上结婚率了。 我说，那些主要是年轻人啊，你怎么也这么冲动？ 母亲说，我不是冲动。 我很慎重。 我说，我倒想知道你有多慎重。 母亲说，不急，等我把所有的事情整理好了，就和你谈，我会详详细细地告诉你。

好吧。 我气呼呼地说，那我就等你通知我。

我这样说，一个是不相信她真的会和父亲离婚，春节时我们全家还好好地在一起过年呢，还热热闹闹的呢。 我总觉得有可能是他们吵了架，一时冲动而已。 再一个，我也知道，只要是母亲不想说的事，你问也问不出来，必须等到她想谈的时候再谈。 她不喜欢被动。

可是母亲一直没给我电话，一直没"详详细细地"告诉我。

我有些急，就找了个时间回家，想当面问问清楚。 没想到等我回家时，父亲真的不在这个家了。 母亲说父亲租了个房子，搬出去住了。

这下我真的受不了了，不光是生气，还难过。 这不只是她的家，也是我的家呀。 妈，你们到底怎么了？ 我几乎是用哭腔在问她。 她沉吟了一会儿说，我们没怎么，是我想分开。 我终于忍不住哭了，我说，这也是我的家呀，你怎么能说拆散就拆散？ 她递了张纸巾给我，小声说，对不起。 我甩开她的手，冲出门去。

他们还真的离了，风平浪静的，没有"官宣"，亲戚朋友都不知道。 你想我这个做女儿的都是懵里懵懂的。 离之前没征求我意见，当然，离之后也没给我添什么麻烦。 虽然有点儿添堵。

或许添堵不亚于添麻烦。

我准备和父亲谈谈。 其实母亲一开始告诉我的时候，我就想去问父亲的，可是我一直抱了一线希望，母亲的提议被父亲否决。 以我的直觉，离婚肯定是母亲的意思。 但显然，父亲的一票没起作用。

果然，父亲见我问离婚的事，眼里闪过一丝难过，一丝悲伤，但很快就掩饰过去了，用他那种憨厚的笑容，那种一辈子都不在意委屈的笑容掩饰过去了。

他说，嗨，这离婚比我想的好，挺自在的。

我直截了当地问，为什么离？ 谁提出来的？

父亲看着我，似笑非笑，那意思是说，那你还能想不到？ 这么奇葩的事除了你老妈谁会提出来。

父亲和母亲分开后，租了个房子，就在他们原来的家旁边。父亲解释说之所以租那个房子（离母亲那么近），是他离不开几个老麻友。父亲搬进去后，马上买了张麻将桌，放在仅有的一室一厅里，把几个老麻友叫到家里，大张旗鼓地打起麻将来。麻友们轮流买菜做饭，倒也其乐融融。

父亲一个月就三千多养老金。据有人调查后得出结论，中国最幸福的，就是养老金三四千的人，每天吃了早饭，买买菜（最简单的两三样），打扫一下卫生（小小斗室），洗洗衣服（不用熨烫的那种），就没事了。午睡起来去打麻将，晚饭后去跳广场舞，自得其乐。只要收入超过五千，就想出国旅游了；超过一万，就想去海南买房子了，烦恼随之而生。钱可以限制欲望，欲望少了烦恼就少。如此，父亲就属于最幸福的那一类。但我相信，如果能选择，大家都想选择有烦恼但可以折腾的生活。

不过父亲不是只有养老金，他还有一个厚实的经济基础，那就是母亲给他买的铺面。差不多三十年前，父亲在修车厂干得不顺心，人太老实了总被欺负。母亲知道后就让他单干。父亲觉得自己一个党员，一个复员军人，怎么能单干呢？母亲毫不费力地用报纸上、电视上的大道理说服了他，"我们党都以经济建设为中心，你一个党员怎么能不跟上？"然后她花两万元给父亲买了一个十平方米的铺面，让他在那里修电视机、冰箱、洗衣机之类。父亲是个动手能力极强的人，什么都会修。收入虽然不高，但比起在厂里还是实惠多了，关键是心情好多了。

后来城市发展起来，扩张很快，父亲的修理铺所在的小街变成了闹市区。那时父亲已经六十多了，加上电器越来越智能化，他有些力不从心了。母亲就让他关了店铺，将铺面出租。一个月租金就是三千，一年有三四万。离婚时，母亲说，这个铺面可以养你一辈子了，即使拆迁，也会有一笔不菲的拆迁费。

这都是我后来才知道的。

父亲笑呵呵地站在楼梯口迎接我，没有我预想中的愁苦。因为知道我要去，他通知麻友们停止娱乐一天，郑重接待我。父亲现在已获得了打麻将自由，想怎么打就怎么打。这么说离婚也有好的一面，至少还给两个人原先的自由。

父亲泡了两杯很浓的花茶，他一杯我一杯——我感觉他是故意跟母亲对着干，母亲最反对喝花茶，也反对喝浓茶。他说他就是喜欢浓茶，喝浓茶照样睡得好。

父亲灌下一大口茶，抹抹嘴角，颇有些幽默地说，我知道你会来问的，我等着呢。现在我就跟你说。我从头到尾地说，省得你一句句地问。

我说，那最好。我就是想知道全部经过。

四

父亲说，以前呢，我也晓得你妈对我不了然（我觉得父亲这个表达很准确，不是不满意，不是嫌弃，而是不了然），但还是一副将就着过的样子。她退休后还跟我说，我们以后换个房子，有院子的，可以种点儿花草。我心想，看来她已经在筹划养老了。于是就丢心放胆地混日子了。

哪晓得，突然来了个大地震。

那天我打麻将回来，看她一个人坐在房间里，灯也不开，黑黢黢的，饭也没做。我还以为她不高兴我去打麻将了，也不敢问，害怕她拿话掸我，你晓得的，你妈说话很打人。我就直接去厨房烧水、洗菜，准备下面。这个过程，起码有二十多分钟吧，她一直没动。我把面条煮好端到饭桌上，喊她，她好像吓了一跳的样子，好像才晓得我在家里一样，那个眼神，是我从来没看到过的。

我打断父亲的话：照你讲的这个样子，我感觉她不是生你的气，是遇到什么事情了。

父亲说，不晓得呢，我没感觉。不过我每天吃过早饭洗了碗，就出去打麻将了。反正在家她也是关在她书房里，当我不存在。我也不知道她在干吗。

父亲接着说：吃面的时候，她一句话也不说，就是往嘴里扒面，大口大口地，好像饿到了。吃完之后，她收起碗筷就进了厨房。我们两个一直这样的，做饭不洗碗，洗碗不做饭。

我又打断父亲：你没问问她怎么了？

父亲说，你还不了解你妈吗？她不想说的事情，你问得出个啥子哦。 她那个心比老井还深。 我就打开电视看，她洗了碗进屋，也坐到沙发上看电视，《新闻联播》。 播到天气预报的时候，她忽然就说，我们两个分开吧。 真的，一句铺垫都没有，上来就说的这句。

父亲说，我完全是蒙的，整个人发瓜（傻）。 我晓得她一直对我不了然，但是，真的说分开还是太突然了。 我七十二了，她也六十八了，要说白头到老，已经是白头到老了，咋个突然要分开呢？

你妈居然还笑了，她接着说，你可能不相信，我提出分开是为你好。 你和我在一起一直活得不自在、不自由，趁着你现在身体状况还可以，还不算太老，你离开我，可以再找一个对你好的女人，比你小个十来岁，可以照顾你。 你还可以过上十几年顺心的日子。

父亲说，亏她说得出这种话！ 我简直是，打不到方向了，不晓得说啥子好了。 我想说，我没觉得现在过得不顺心。 又想，这个话不对，我经常觉得不顺心的。 我又想说，你是不是在外面有啥子人了？ 又觉得这话太可笑了，说不出口，她这个年龄。 闷了好一会儿我才说，你到底是为啥子吗？ 你到底在想啥子吗？

父亲说，你妈居然拿出一个本子，照着本子上开始说，看来她早已有准备了。 你妈说，我只有一个条件，就是我继续留在这个家，你到外面去租房子住。 租房子的钱，还有你以后的生活费，我都想好了，一个是那个铺面，每个月的租金应该够你租房子了。 你的医疗嘛，除了医保，我十年前就给你买了重疾险。 我会把保单交给你的。 另外我再给你点存款，以备不时之需。 租房子也不难，你要是舍不得你那几个麻友，隔壁小区就有房子出租，一室一厅，三千一个月……

父亲说，你妈根本不管我是不是在发瓜，是不是抓狂，就开始说我们分开后的安排，而且说得特别急，好像不马上说出来她会后悔。 她说我们一共有一百八十万存款，给女儿留八十万，我八十万，她只需要二十万。 我简直吃惊惨了，我根本不晓得我们家有那么多钱。 我晓得她很会理财，但也没想到她攒了那么多钱。 这么一想，离婚也是需要经济基础的，不然的话，她再不安逸，也只能和我挤在一个屋檐下。再一个让我吃惊的是，为什么给我那么多？ 要分就平分。但你妈说她退休金比我高，总之她认为我应该多一些。

那整个晚上，基本上就是你妈在说，咋个分配财产，咋个租房子，咋个和你说，咋个向亲戚们解释……全部写在本子上的。 原来她早就在计划了，不是才想起的。 我简直是个瓜娃子，蒙在鼓里，啥子都不晓得，一句话都说不出来。

我越听越生气，就甩手出门了。 我在街上瞎逛，本来很想给你打个电话的，但是害怕影响到你瞌睡，我晓得你瞌睡不好。 晚上说这种事，你肯定要睡不着的。

父亲说，第二天早上我起来，她已经出去了，我想有可能她就是随便那么一说吧。 我也就照常出门去打麻将。 但是，心神不定的，输了两把我就回家了。 进门一看，她已经把我的衣服和生活用品，全都整理好了，几个纸箱，加上行李箱，堆在客厅里。 另外她还把大立柜腾出来了，也说是给我。 还有好几样电器。 看来我不走是不行了。 我一个大男人，也不能非赖着她吧。 说实话，要不是你外公临走时交代我，要照顾她一辈子，我早就跑路了。 真是气人。

我就按她说的，到隔壁小区，找到这个房子，虽然只有五十多平方米，但是一室一厅，还是很适合我一个人住的。你看嘛，有床，有桌子，有冰箱，有电视，有厨房厕所，就可以了。 我请人打扫了卫生，找了个小货车，把几件家具电器和几箱子衣服拉过来，就算是分开了。 你妈说这个事她来和你谈，我就没给你打电话。 我也不晓得该咋说。

父亲说，刚开始的确不习惯，现在慢慢习惯了。 你妈居然还跑过来看了我一次，还帮我买了窗帘挂起，拿了新床单被套给我换上。 我感觉她做那些事的样子，就像当年送你去住校，很搞笑。

我听到这里按捺不住地说，妈也真是的！ 搞什么名堂嘛。

父亲说，哎，别怪你妈，她还是很不错的，不是把我撵走就不管，还是把我安顿得好好的。 你看我啥都不缺，你妈把电视机、微波炉，还有洗衣机都给我了，她说她用不着。全靠她的安排哦，我现在才过得这么滋润。

我无语。 我知道父亲是怕我担心。 常听人说男人老了比女人老了更怕孤单，不是缺不缺东西的问题，而是缺心理依靠。 老男人很难独居的。 我可怜的老爸。

我说，爸，你要是不习惯，以后就来我们家住。

父亲说，不用不用。 我想通了，我要高高兴兴地过日子。 说不定还真的像你妈说的，重新找个女人哪。 你不晓得，还真的有人想给我介绍呢，五十多岁一个女的。 我说，不慌，我先自由一阵再说。

我忍不住笑起来。 父亲又幽默地说，我和你妈这种人做过夫妻，一般女人都打不上眼了。 哪个能有她那么精灵古怪?

我说，爸，你是不是很后悔娶了妈这样的女人? 如果娶个老实本分的，肯定白头到老了。

父亲很认真地说，不后悔。 哪个喊我要高攀呢。

我稍稍安心了一些。 看来父亲已经接受了离婚这件事，并努力从中找出乐趣。

不过我反而更担心母亲了。 从父亲的讲述中可以感觉到，母亲这么突然地发神经离婚，一定有什么原因。 这原因看来不是因为父亲。 正如我父亲说他娶我妈不后悔一样，母亲也跟我说过她对婚姻是满意的。 一定是有其他原因。

五

父亲和母亲的婚姻是怎样成就的，我一直不甚了了。

也曾经问过他们，都回答说是经人介绍的。毕竟那是上个世纪七十年代的事情，我出生之前的事情。久远到说起来都有些恍惚。那个时代的婚姻和今天的婚姻已经有很大的不同了，从择偶标准到结婚嫁妆都天差地别。不过经人介绍结婚，倒是延续至今。我和我先生也是经人介绍呢。

只是有一点我感到困惑，像母亲那样的女人，还需要介绍吗？我不信。就算介绍，用过去的话说，媒人还不得踏破门槛？还不得挑花眼吗？怎么会轮到我那个老实巴交、条件一般的父亲呢？

父亲说，他当兵从部队回来已经二十六岁了，各方面条件都不咋样，就是说，家境不好，文化水平不高，工资偏低，还不是帅哥。他父母托人介绍了几个，女方都不乐意。偶尔遇到乐意的，父亲又觉得对方条件太差，他不乐意。于是一晃就二十六了。

却没想到，他认为高不可攀的母亲，愿意嫁给他。

这桩看上去不十分般配的婚姻，还是外公做主的。据说是父亲去外公家修电视机，那个电视机是外公一个学生出国回来给买的，外公很看重。电视机修好后，父亲发现电视柜的一扇门关不上了，又主动把柜门修好。外公很感谢，请他坐，请他喝茶，父亲紧张得不行，外公一问情况，父亲就立正回答。外婆留他吃了饭再走，他坚辞，说他妈妈一个人在家，他得回去。

之后，外公便婉转地请人把女儿介绍给他。介绍人有些不解，外公说，我女儿要能跟他，我就放心了。

父亲私下跟我说，在介绍人介绍之前他就知道母亲了。他们两家住得很近，一条街。母亲是他们那条街上出了名的女孩儿，又好看又斯文。但母亲不认识他，应该说母亲谁也不认识，走路从来不往两边看，有时拿着书边走边看，有时盯着路两边的树看。

后来，他去母亲家修电视机，看到母亲他简直头都不敢抬，却没想到有人来介绍给他做对象。他受宠若惊，一问再问，真的吗？是真的吗？你搞错没有？

母亲的说法是，她当时年龄也不小了，进入老姑娘行列了（其实不过是二十四岁而已），所以当介绍人告诉她，男方是个退伍兵，党员，人老实本分时，她一口就答应了。她希望能有一份稳定的生活，以便做自己想做的事。

你看中了我爸啥？我曾追问母亲。母亲说，你爸善良。我说，你标准这么低呀，只要人不坏就行了？母亲说，你爸不是人不坏，是善良。人不坏是不会去害人整人；善良是会替别人着想，去帮别人。这两者差距还是很大的，这世上善良的人并不多。

是的，我母亲说起什么都一套一套的。

虽然母亲振振有词，我还是存疑。但对母亲来说，你不能用追问的方式去获得真相。她掩盖真相的本事超强。你只有去猜测。

母亲从小就会读书，用现在的话说，一直是学霸。考试从来都是第一第一第一。　不幸读初中时赶上了"文革"，学霸和学渣都开始混日子了，混到毕业。　后来也和大家一样下乡，下乡三年回来，进了街道工厂，好像是毛巾厂。　各种蹉跎后，她对生活完全失去了热情，成天躲在家里看书。

　　可是到了年龄，就不断有人来提亲，外公外婆见她整日闷闷不乐，也催促她结婚成家。　外公的说辞是：人生两件大事，成家立业，既然指望不上立业，就先成家吧。

　　于是由人介绍，外公做主，母亲嫁给了父亲。　据母亲说，外公很喜欢父亲，直到去世前都念叨说，好孩子，真是个好孩子。

　　哪知婚后一年，世间发生了巨大变化：恢复高考了。　母亲很激动，想去参加高考，可那时已经有了我，她很纠结。　等到第二年，母亲还是忍不住了，跟父亲提出她想参加高考。　父亲没反对，他对母亲素来顺从。　母亲就丢下不到两岁的我，参加了高考，顺利地进了大学。　等到她大学毕业，我都读小学了。

　　因为这个缘故，我一直和父亲更亲。　差不多是父亲把我带大的。　小时候是父亲给我洗头梳辫子，是父亲给我读童话，陪我折纸，玩翻绳游戏，当然也是父亲一次次地去学校开我的家长会。　后来，每每母亲要我做什么事，或者要带我去哪里时，我总会先看看父亲，等着父亲点头。

　　我和父亲亲近还有个缘故，是父亲更宠我，我们家是严母慈父。　母亲对我要求很严厉，近乎苛刻。　如果母亲没那么严厉，估计我最多读个本科就完了，我是被母亲强求着读了硕士的。 母亲的理由是，我是本科，你必须超过我，不能一代不如一代。 可是母亲一定明白，文凭高并不代表"强"。 只不过对我来说，不用文凭证明，其他更无法证明了。

父亲溺爱地跟我说，唉，年轻姑娘本来应该打扮得漂漂亮亮好好享受青春的，天天苦读书，真造孽。 不过呢，泥巴，你妈让你读你就读，不读会被她说一辈子的，更造孽。我说我明白，反正也没那么难，读就读。

母亲对我和父亲的亲近，一点儿不吃醋，她很顺应甚至是喜欢这个局面，一有事就说，叫你爸帮你做……或者，你去问你爸。

我谈恋爱时，我男友，就是现在的先生，很快看清了我家的政治格局，他半开玩笑地说，你们家是你妈强势，每逢大事必做主。 以后我们在一起，你不会也延续这风格吧？我说不会的，我跟我爸长大的，我不像我妈。

不像我妈，其实是不如我妈，我心里是有些遗憾的。

我虽然和爸亲近，但是一旦遇到搞不定的事，我会先想到去问我妈。 包括体检回来我也会和母亲谈，某个指标偏高或偏低，母亲都可以告诉我是否要紧。 厨房里的事就更不要说了，我随时请示她。 母亲并不热爱厨房，可是一旦烧菜，总是像模像样的，并且有章法。

在他们离婚之前，我一直以为他们是相亲相爱的，至少，是相濡以沫的。 突然离婚，而且那么决绝，完全把我搞蒙了。

六

我也和丈夫讨论过父母离婚的事。

我很困惑，如果母亲嫌弃父亲的话，为什么要到老了才离婚？ 早就可以离了嘛，从九十年代开始，离婚率一直攀升，离婚也不需要单位出证明了。 即使是为我着想，我上大学的时候也可以离了嘛，那时他们才四十多。 现在眼看着已经白头偕老了，却突然分开。 很多不和的夫妻，闹了一辈子的丈夫，混到老之后，不是都收刀捡卦放马南山了吗？ 彼此都成了需要照顾的老人，彼此都变得珍贵。

丈夫吞吞吐吐地说，会不会是她身体出了问题？ 比如，得了绝症，不想告诉我们？ 我说不会的，去年体检之后她还很骄傲地告诉我，她的体检结果超好，没有哪个箭头朝上或者朝下（即超过或低于标准数值）。 还说她底子不好，全拜自己管理得好。 今年呢？ 丈夫问。 我说今年她没去，她说没必要年年体检。

你妈就是主意大。 丈夫说。 这个年龄了居然还离婚，实在是匪夷所思。 我说我问了我爸，是我妈提出来的，他是被动的。 丈夫说那肯定的，我丝毫不怀疑。 过了一会儿他又说，也是难为老爸了。

　　细细想来，母亲在让我们大吃一惊（离婚）之前，已经有过很多让我们小吃一惊的事了。

　　比如退休后她跟我说，她想把几十年来研读古文的心得整理出来，她觉得自己有很多观点见解，是和别人不一样的，很想表达出来，只是没想好以什么形式梳理。我建议她以批阅的方式，一段一段地写。现在不都是碎片化阅读吗？母亲说她试试。一年后她告诉我，书稿已经基本完成了，有十万字。我说，太好了，可以出书了。她说没这个打算。我说那你费那么大劲儿干吗？她说做起来很愉快。

　　接着她说，有两件事最能让她感到愉快：一个就是学习，接受新知识是很愉快的；一个就是表达，把自己的思考表达出来也是很愉快的。人本来就应该不断完善自己，超越自己，让自己强大。我说，你这是尼采的观点。母亲笑说，明明是我自己的看法，怎么功劳归到尼采头上了？

　　跟着母亲又说，我打算学西班牙语。

　　面对我鼓出来的眼睛，母亲说，你知道就行了，别到处去说，搞得我喜欢学习还被人当笑话。未必上了年纪就只能混吃等死。

　　我没法不鼓眼睛。她的英语比我强，已经让我汗颜了，居然还要学第二外语，她花甲已经花了好几年了。

　　我说，为什么学西班牙语？

　　母亲说，不为什么，不想脑子太闲。

　　我又一次鼓大了眼睛。照理说我不该那么大惊小怪，我还不了解我妈吗？ 她就是个喜欢给自己找麻烦的人，说得好听一点儿是挑战自我。 但是，学外语，西班牙语，还是有点儿出格，她不是二十五、三十五，是六十五。

我说，你可以学书法、学画画呀。

她说，那个不费脑子。 我需要锻炼记忆力。

好吧，锻炼记忆力。 我羞愧地闭嘴了。 为了考职称，我下了死功夫学英语，勉强过关后再也不想碰了。 锻炼记忆力？ 怎么我的记忆力越锻炼越差呢。

鉴于母亲种种异于常人的举动，我便猜想，会不会是她又想折腾什么事情了？ 比如写书，上老年大学？ 或者，出去旅行？

丈夫说，不管她想干吗，都更应该留在你爸身边。

是啊是啊，我爸再不能干，做家务还是可以的。 洗衣服打扫卫生买菜倒垃圾，全是我爸，我妈只负责掌勺。 或者再加一句，我妈只负责有技术含量的事情。

听见我们在议论，儿子在一边插话说，外婆就是害怕失败，害怕她的人设崩塌。

我心里刺啦一下，撕开一道口子。 嘴上说"不要乱讲"，心里却觉得儿子说到点子上了。 母亲总是以争强好胜的面目出现，以战无不胜的面目出现。 如儿子所说，她害怕失败。 她总是喜欢把什么事情都安排好，按自己的意愿安排。 离婚一定也是一种安排。

儿子又说，外婆自己觉得没有什么事情能难住她。

　　我瞪了他一眼。 我瞪他，一个是不许他妄议外婆，另一个更深层次的原因，是烦他完全不像他外婆，还没上初中，就懒洋洋的，经常表现出一副人生无趣的样子，说即便将来能像父亲那样考上名牌大学，大学毕业找个好工作，再找个好女人结婚，再抚养孩子长大，也没啥意思，"不就是重复你们吗？"这种时候，我真希望母亲能帮我回击他，可惜母亲说她不干涉。

　　儿子上学前，母亲一直在帮我带。 虽然那个时候她自己很忙，但还是让我把儿子放她那儿，她和我父亲一起带。 等儿子一上学，她就还给了我。 我耍赖皮，希望她继续帮我。她说，管孩子学习是要伤感情的，我可不想伤了我和牛牛的感情。 我说，可是我小时候的学习一直是你管的呀。 她说，所以你才和你爸亲呀。 我顿时无语。

　　其实我和我母亲，感情还算和谐，四十年来几乎没有发生过激烈的冲突。 不过，也还是没逃过"青春期遇到更年期"那个坎儿。

　　上高二的时候，我突发奇想要学吉他，其实也不是突发奇想，是因为我喜欢的那个男生会弹吉他，我想和他走近。我记得母亲有一把吉他，可是母亲不同意。 第一，不同意我学吉他（她说课业太重，何况我根本没有音乐细胞）；第二，不愿意把她那个吉他给我（她说那个吉他非常珍贵）。我于是曲线救国，去找父亲。 父亲左说右说，母亲终于同意了，还帮我去找了个老师。 可是，我拿到母亲的老吉他不久，就在那个男生的忽悠下，把它贱卖给了一个吉他行，又添了点儿钱，换了把新的。 母亲知道后脸色大变。 她说那个吉他是外公送给她的，是老牌子。 且不说东西本身的价值，关键是很珍贵。 我满不在乎地说那个吉他音已经不准了，放着也没用。 但是，新吉他拿回家没多久，我的三分钟热度就过去了，一个曲子也没学会。 吉他丢在床边落灰，这让母亲更加生气了。 有一天放学回来，我心烦意乱，倒在床上什么也不干。 母亲叫我写作业，我不动，母亲又让我练吉他。 她说我已经很久没练了。 我还是不动。 母亲连续叫我几遍，我就躺着看天花板，脑子里全是那个男生，他今天和另一个女生打得火热，让我心如刀绞。 忽然，母亲拿起吉他，噔噔噔噔走到窗边，推开窗户，狠狠地将吉他砸了下去，我们家住在三楼，我听见哐当一声巨响，爬起来扑到窗前，吉他已裂成两半。 我目瞪口呆。 不是因为吉他，而是因为母亲。 我从小到大，没见母亲这样疯狂过。 母亲摔了吉他后，冲我大吼一声，你太让我失望了！

这是我和母亲之间唯一一次冲突。 多数情况下，母亲都很克制；而我，也比较听话。

我儿子说，外婆不想她的人设崩塌。 那母亲的人设是什么？ 在我看来，就是理性、智慧、有条理，没有能难倒她的事情。 凡事只要她想搞定就能搞定。

我和丈夫也没讨论出个所以然来。 我决定不去管这件事（也管不了）。 以他们两个加起来一百四十岁的人生经验，尤其以我母亲一个顶俩的脑子，肯定不会是一时兴起，也不会是"激情式犯罪"。 一定是把该想到的都想到了，必须离才离的，哪里用得着我的开导劝解？

但现在想来，我真的该和母亲好好谈谈的。 他们怎么结婚我不了解还说得过去，毕竟我不在场；可他们离婚我是在场的，我不该完全放任母亲。

七

两个月后。

以前我看电影的时候，很喜欢出现这样的字幕：两年后，或者几个月后。 不知道为什么，也许是希望故事有比较大的进展，有出人意料的情节吧。 您有这样的感觉吗？

但事情发生在自己身上，就不一样了。

那两个月，我依然很忙，依然在忙碌的同时担心着母亲。 我担心母亲，却又不知如何去关心她，更或者说，不知如何去打探她的心事。 我们之间一直如此，我总是被动地了解她。 她却对我门儿清。 我只好暗暗祈祷着，母亲依然是那个什么都能搞定的母亲。

是五月中旬，我记得很清楚。 那天下午我正要去开家长会，一个很重要的关于小升初的家长会，忽然就接到母亲电话，说她在外面，特别累，希望我开车去接她回家。 我问她在哪儿，她半天没回答，好一会儿才说，我给你发个位置吧。

我一看那个位置，完全是郊区，靠近温县了。 我十分惊讶，问她：你去那儿干吗？ 母亲支吾说，来看一个朋友，朋友本来要送她回家的，临时有事走不开。

我还是感到蹊跷，正想再追问，她忽然很不高兴地说，我从来不用你的车，用一回怎么那么多话？

说来，我现在开的车正是母亲的。 母亲五十岁学会了开车，就一直开车上班，退休后把车送给了我。 送给我之后她从来没有把我当过司机，从来没随随便便叫我送她去哪儿。

可是我追问她，并不是不愿意去接她，而是怀疑她迷路了，回不了家了。 这个让我紧张。

我只好打电话给丈夫，让他去开家长会，我去接母亲。

我到了母亲发的位置，她人却不在。 打电话问，她说她在花满都。 从那个点到花满都，还是有些距离的，她怎么转眼跑那儿去了？ 母亲坚持说她本来就在花满都，她是来赏花的，有个郁金香花展。

我疑窦丛生。 刚才说看朋友，这会儿又说是赏花，关键是，那个地点是她发给我的呀。 这样不靠谱的情况从来没发生过。

十几分钟后，我总算接上了她。 她看到我，一副松口气的样子。 但上车后，她坚持要坐在后面，理由是想眯一会儿放松一下。 我猜她是不想和我说话，怕我刨根问底。 也许她跑这么远，是来看一个不想让我知道的老朋友？ 她有什么秘密?

我从后视镜悄悄看她,她的脸色很差,看上去十分疲惫,比之春天似乎老了不少。最重要的是眼神,以前她的眼睛总是很有神,现在却显得茫然,她盯着窗外,一头白发稀稀疏疏地覆盖在头顶。我有些心疼,毕竟,她也是奔七的人了,即使是钢做的弩,也会锈的。

母亲忽然转过脸来看着后视镜,和我的目光对上了。我连忙假装不在意刚才的事,开玩笑说,妈,你猜我从镜子里看到你的时候,想到什么了?母亲不吭声。我说,我想到美杜莎了!

母亲依然面无表情。

我上中学时,有一次写作文,要求必须写一个神话。母亲就给我讲了希腊神话美杜莎的故事。美杜莎原本是一位美少女,因为漂亮,又因为被海神波塞冬疼爱,很骄傲,在智慧女神雅典娜的神庙里把雅典娜激怒了,雅典娜施展法术,把美杜莎的一头秀发变成了无数的毒蛇,成了一个妖怪。更可怕的是,她的两眼闪着骇人的光,任何人哪怕只看她一眼,就会立刻变成一块石头,所谓"石化"可能就是这样来的。美杜莎因此成了一个人人避之不及的孤独女妖。宙斯之子珀尔修斯,想灭掉美杜莎讨好雅典娜,可是又怕被她的目光石化,就想出一招,将盾牌磨得雪亮,然后背过脸去,用盾牌做镜子照出美杜莎,割下她的头献给了雅典娜。

母亲给我讲完故事后突然说:我觉得珀尔修斯既然用光

亮的盾牌做镜子，那么，结局可以是另一种，美杜莎从镜子般的盾牌里看到了自己那双骇人的眼睛，一下把自己给石化了。

我当时真的被惊到了，拍手叫好。

我跟此刻坐在我身后的母亲说，你还记得这事吧？母亲依然面无表情，很淡漠地说了句，是吗？有这事？

我说，当然有。我还把你讲的这个结局写进了我的作文里，那次作文老师给了我一个大大的好评。

母亲嘴角动了一下，有了些笑意：你们那老师还算识货。

读中学时，我的一些自认为写得有意思的作文，经常被老师低分处理，我回家和母亲喊冤。母亲说，千万别以老师的标准为标准，说不定他的文章还狗屁不通呢。老师的权威就这样被母亲打掉了。有一次班级讨论我入团，一个同学说我"说话太重，不注意团结同学"，竟然没通过。我回家很委屈地告诉了父母。父亲说，以后说话乖一点，女孩子家家的，要温柔。但母亲说，这不能算缺点，说话重，说明能打中要害。

其实这正是我像母亲的地方，虽然只像到皮毛。

我经常被母亲的话惊到。比如，她会认为一件衣服穿两天就应该脱下来，即使没脏也要放一放，因为"纤维会累的"；又比如，她认为小孩子吃零食不是什么毛病，要有"大粮食观念"；还比如，当我为某事想不通钻牛角尖时，母亲会说，马桶都有两个按钮，你脑子怎么就一个开关？

她让我买豆浆喝，说女性过了三十要补雌性激素。 那时还没有豆浆机，我跟她抱怨说，一包豆浆一次喝不完，分两次喝又不够。 母亲很不屑地说：难道你不可以每次喝三分之二倒掉三分之一吗？ 总共两毛钱，是健康重要还是倒掉的几分钱重要？ 我哑然。

有一次母亲洗了被单晒在楼前，竟被人收走了，是才买不久的新床单。 过了些日子，那人竟大模大样地洗了又晒出来。 母亲从阳台上指给我看：那是咱们家的。 我气不过，要去找那个人要回来。 母亲说算了，一个贼睡过的你还想睡吗？

最近一次她把我逗乐，是在我家里，她看到我在贴面膜，问我干吗，我说保湿。 母亲说，你们这些女人一天到晚保湿，恨不能浸在水里过日子。 也不想想，楼兰公主历经两千年不腐烂，全靠干燥。

我咧嘴大笑，面膜都掉下来了。

这样的母亲，怎么会糊涂呢？ 怎么会找不到回家的路呢？ 我打死也不愿意相信。 可是，怎么解释下午的事？

八

那天，我把母亲从郊区接回来后，一起吃晚饭。 我请她去花园餐厅吃西餐。 母亲的情绪慢慢好转。 其实她吃的很少，就点了一份鹅肝，一份沙拉，一个土豆浓汤。 也许是那个餐厅的氛围，让她有一种熨帖感。 我一个字也没再提下午的事。 虽然我确信她不是去看什么郁金香，也不是去看什么老朋友。 一定是有不愿意告诉我的事，然后，突然不能自己回家了。

我保持微笑和母亲聊天，内心却感到焦虑，脑子里不断想到很多老人走丢的事。 可是，母亲不应该呀。 我无论如何也不相信母亲会进入这个行列，且不说她还不到七十岁，关键是她那么有活力。

就是去年，我和她一起出门，远远看到我们要坐的那辆公交车来了，我依旧慢条斯理的，感觉赶不上，母亲会大喊一声：快！ 撒腿就跑。 我不得不跟着跑。

忽然，母亲说，我脑子不如从前了。

我心里咯噔一下，她可从来没承认过自己脑子不好使。难道她意识到了什么？ 我正想安慰她，她却说，我从网上买了个魔方，可是不会玩儿了，看了说明书也没学会。

我哭笑不得。 我说妈，那个东西就是小孩儿玩儿的。

母亲说，什么大人小孩儿，只要智力够，都应该会。

我说，那好，这个周末你过来，让牛牛教你。 他很会玩儿。

母亲一下子高兴了，大声说，好，让牛牛教我。

看看，竟然还想玩儿魔方。 我心里放松一些。

送母亲回家后，我给父亲打了个电话。 我想跟他说说下午的事，我需要找人说。 我心里发慌。 可是在听到父亲声音的瞬间，我改变了主意，我只是和他闲扯了几句，问他最近手气好不好，生活习惯不习惯，有没有需要我买的东西。父亲一一作答。 放电话前父亲忽然问，你妈还好吧?

我顿了一下，回答说，她挺好的。

我不想说。 我怕父亲又担心又无奈又生气。 既然他们已经离婚了，就让他安生一点吧。

但我总得跟人说说。 我就跟丈夫说，我妈不对劲儿，她不是打电话叫我去接她嘛，居然说不清楚自己在哪儿。 你说她是不是找不到家了? 现在经常有老人走丢的事。 丈夫安慰我说，她可能就是累了，或者跟女儿撒个娇，坐坐女儿的车。 我说，不是的，我感觉她眼神涣散。 丈夫说，你也经常眼神涣散，不要瞎想。

我还是感到很忐忑。 我实在想不通母亲怎么会突然糊涂。 一年前她还说要学西班牙语，怎么说糊涂就糊涂了?难道是我没察觉?

第二天下午，我买了些菜和点心，直接去了母亲家。

自从发生把钥匙插在门上忘了取下的事情后，母亲竟然去换了一个密码锁，换好后还让我去录了指纹。 她颇有些得意地说，我现在出门不需要"身手钥钱"了，"身手"就可以了。 我当时很高兴，母亲还那么能干，我想，母亲还是原来的母亲。

院子里的守门大爷见到我，出来和我打招呼。 你是祝老师的女儿吧？ 我点头。 他说，嗯，有个事情我想告诉你，你妈最近，这个，有点儿奇怪。 我心里一紧，怎么了？ 大爷说，她送了好几样东西给我，说是家里用不上，搁着浪费。 我问，什么东西？ 他说，就是衣服鞋什么的，还有两口锅。 大爷说，她以前也给过我东西，但这次给我的都还挺新的，其中还有羽绒服。 我怕她，那个，糊涂了。

大爷真是个好人。 我掩饰着不安说，哦，没事儿的，她最近在清理房间，可能想处理掉闲置的东西。

我想起父亲说，搬家时，母亲也是把新被套新床单以及电风扇取暖器什么的，全给了他。 理由是父亲不会买，她会买。 再一想，今年春节，她也把几样贵重的首饰给了我，理由是她老了，不会再戴了。

她这是要干吗？ 当然，我也可以这样想，母亲是个把什么都看得很通透的人，做这种事很正常。 母亲常说，人生就是加减法，只加不减会溢出来。 所以有些减法要主动做，比如，放弃一些不必要的名利，放弃一些不必要的财富。 退休前，出版社曾经两次评选她当先进工作者，她都坚辞不要。她还给自己做了个规定，每年生日必捐一笔款。 她跟我说，不能只进不出，要收支平衡。

您很赞成她的观点是吗？ 太好了。 其实我也挺赞成的。 不但赞成，已经接受了，我现在也学着她，每年生日捐一笔款，当是给自己的生日礼物。 这样做，感觉心里很熨帖。

但是现在，在她连续出状况的时候，门卫大爷的话只能让我忧虑。

进门，母亲不在家。 家里依然很安静，而且满是陌生的气味。 照理说我常来这里，应该有点儿熟悉才对，不知为何依然被陌生的气息环绕。 我的唾液我的皮屑我的体味我的毛发，都没沉淀下来吗？ 还是母亲气场太强大，没了我容身的地方？

我四下张望。 猛看上去和原来差不多。 细看，就会发现有很多不同。 比如到处是灰。 母亲是个相当爱整洁的人，家里如果乱糟糟的，她宁可不吃饭也要打扫。 难道现在一个人过，真的变了吗？

我注意到魔方丢在沙发上，一旁的小茶几上有个备忘录：上面横七竖八写了很多字，谁来过电话，以及某人的号码。 饭桌的玻璃板下，压着一张纸，上面写着：二季度气费已交，七月再交。 已预存电费、电话费（含网络费）各一千。

母亲一直有写备忘录的习惯。 她工作时，常把作废的书稿清样带回家，利用反面做各种记录。 比如，本周内必须完成的事，一二三四五六七……或者，出差前需要处理的事，也是一二三四五六七，有的甚至排到了十几。 也有一些生活备忘，比如过年需要采购的东西，最近需要开的常用药。 她跟我说，这是她从外公那里继承的习惯，外公说，把要做的事写出来，心里就清爽了。 做好一件，画掉一件。

　　我读中学时，母亲对我的散漫很不满，特意给我讲了著名科学家柳比歇夫的时间管理法，还让我读了那本写他的书，《奇特的一生》。读完后我的感觉是，柳比歇夫根本不是人，是神，居然能做到每一分钟都不浪费。这样的神的生活方式，我无法效仿。不要说柳比歇夫，我连母亲也效仿不了。母亲虽然不像柳比歇夫那么精确，把时间安排到了每分钟，但她至少是安排到了每小时。不过，成年后，我多少还是受了些影响，我现在至少会每天记个流水账，做了哪些事，不让自己过得太糊涂。

　　我走进厨房，打开冰箱，发现里面整整齐齐地摆放着很多小号乐扣盒。我取出来看，里面是一盒一盒的炖肉，好像是牛肉烧土豆。另外有一大盒油炸花生米。母亲很喜欢吃花生。乐扣盒上贴着纸条，周一到周五，五盒。我马上明白了，这一定是母亲为自己准备的菜肴。烧一次肉分成五天的份，吃的时候再配个蔬菜。至于周末，她会去我家，或者我和她出去吃。

　　我心里微微发酸。我几次和母亲说，她可以去我那里住，我还找了很多理由，比如可以陪外孙玩儿，比如和我聊聊天，一起追剧。我还事先买了沙发床放在书房里。但母亲坚决地说，这件事不要讨论，完全没有可能性。我又试探着说，那我过来住可以吗？她拉下脸说，干吗，我生活不能自理了吗？

　　不过，我又觉得，能这样安排一日三餐，说明母亲依然是有条理的。 不必太担忧。

我放下东西，关好门离开。

九

刚刚走进来一对老夫妻，您注意到了吗？ 就是坐在对面靠窗位置的。 对对。 我的父亲和母亲，猛一看就是那样的。 一个头发稀少，一个头发花白。

也许是家族遗传，我母亲四十多岁就开始长白头发了，但她从来不染，任白发覆盖整个头顶。 偶尔在外面相遇，我总是第一眼认出那头白发。 也因为白发，还没退休时她就经常被人叫奶奶。 我问她为什么不染染，小姨就要染，小姨也是早早有了白发。 她说我可不想拿那些化学的东西折腾脑袋，脑袋很重要。

虽然我说父母的外貌很像那对老夫妻，但实际上完全不一样。 首先我母亲是不会跟父亲一起出来喝茶的。 当然她也不跟我出来喝茶，她没这个爱好。 她会说在家喝不是更方便吗，还可以兼顾着干点儿别的。 其次，如果他们一起外出，也完全不像夫妻。 几十年一个锅里吃饭，日积月累的相似的肠道菌群，也没能拉近他们的容貌和气质。 他们自身的顽强的基因都没有打败对方。

容貌还是次要的。 他们的家庭背景、受教育的程度，都大相径庭，如同我的名字，有云泥之别。

　　我有时候想，母亲给我取这样一个名字，是不是暗喻了她与父亲的结合？　暗喻了她的心性与世俗的差距，理想与现实的差距？　父亲虽然并不完全明白母亲给我取"云泥"这个名字的意思，但他以他的本能反抗。　很多文化程度不高的人，本能都很强大。　自有这个名字起，他就没叫过，他叫我泥巴。　面对母亲的质疑他回答说，泥巴响亮。　我也喜欢父亲这么叫我，好听，亲切。　母亲没有坚持，任父亲这么叫了。　这是母亲的通达之处，在牵扯到其他人时，她不认死理，不死磕。

　　他们的"云泥"是从祖上开始的。　我的爷爷奶奶是地道的农民，再往上推还是农民——我这里只陈述客观事实，没有好恶；我的外公外婆都是文化人，他们毕业于那个现今已经消失了的东吴大学。　再往上推，我外公的父亲是状元，做过官；外婆的父亲则是商人，经营茶叶和丝绸，在当地号称"罗半街"——家里的房子占了半条街。

　　我姓了父亲的姓，卢；用了母亲取的名，云泥。　卢云泥，代表着他们之间的融合与差异。　我不愿意说母亲是下嫁，更不愿说父亲是高攀，我只能说父亲和母亲不是门当户对的婚姻。

　　父亲怎么可能架得住从这样一个家庭走出来的女人呢，何况这女人还漂亮，还聪明。　有时我想，这辈子真是难为了父亲。　反过来说，不是也难为了母亲吗？

　　何况一对夫妻，哪能完全平等？　完全半斤八两就无法咬合了。 这是我母亲的观点。 比如在他们家，父亲的地盘很小，除卧室里的半张床、一个衣柜，阳台上的一把沙发，和厨房里的锅碗瓢盆之外，就没有了。 母亲呢，除上述几样外，还有个书房，虽然只有七八平方米，但全属于她。 另外她把客厅也变成了书房，两面墙都是书架，书架中间是一张大木台，堆满了她的资料，和她偶尔写毛笔字的那些家什。沙发就一个单人的，多数时候都是她在坐。

父亲对这样的格局从未表示过异议。 他觉得母亲就是应该多占有空间，"她要做事的嘛。 那些书我又看不懂"。 四十多年来，他们就这么一直令人费解地相安无事，齿轮咬合得很好。

实际上就我的观察，母亲对父亲还是很好的，她从来没对父亲发过脾气，总是和颜悦色的。 有时候眼神里会有些不耐烦，但说出来的话还是温和的。 父亲退休后喜欢打麻将，她从不反对：去吧去吧，在家你也无聊。 父亲的视力不太好，她就从网上的"海外淘"给他买叶黄素吃。 父亲身上的衣服鞋袜，也都是母亲买的。 作为一个妻子，她是尽了责的，不管她心里怎么想。

就算是嫌弃父亲（我总觉得"嫌弃"这个词不准确，可也想不出其他的词），我也从来没发现母亲生活中出现过什么其他参照（男人）。 她也参加同学聚会，也参加同事聚会，也经常约见作者，都平平淡淡的，没见她说起谁眼睛发亮。 难不成是母亲太过聪明、太过明白，每个出现在她面前的男人，都被她在一眼瞥见之后就一览无余了？ 还来不及散发荷尔蒙就被她拍死了？ 这个完全有可能。 如此想，我庆幸自己身上有父亲的愚钝。 有愚钝，才能享有凡人的幸福吧。

有人说，鞋子合不合脚只有脚知道，夫妻是否般配外人并不清楚。 但是，作为最接近他们的"外人"的我，还是感觉他们不合适。 无论从母亲那里还是从父亲那里，我都感觉到他们不般配——虽然他们并不吵架。 不吵架不等于和谐，或许是某一方自动禁言。 在我还是少女的时候，就暗暗想，将来一定要嫁一个门当户对的男人，哪怕这个人不顺从自己，哪怕成天吵架（势均力敌才会吵架），也好过父亲母亲那样的局面。

我的父亲太普通了，长得普通不说，一辈子业绩平平。从农村出来当兵，当了五年退伍。 因为在部队学会了修车，退伍后就在汽车修理厂当修理工，一直当到退休。 恐怕一辈子最风光的事，就是在部队当过一回"五好战士"了。

母亲呢？ 形容母亲要用很多个"不但……而且"，不但漂亮，而且聪明；不但五官端正，而且身材也好；不但聪明，而且勤奋；不但受过高等教育，而且不是书呆子（擅长做家务，擅长理财，还擅长玩各种软件）。 这样说吧，母亲就像那个永远的"永"字，横竖撇捺点，一样都不少。 而父亲呢？ 父亲最多就是个"正"字了，有的笔画太多，有的则完全缺失。

有一次我把自己的这个比喻告诉了母亲。母亲难得地笑了，说你还挺会形容嘛。我也觉得自己形容的有趣。但母亲随即补充说，你没看到我有很多缺陷吗？大缺陷，我不懂音乐，不会画画，艺术细胞很缺乏。我说，那是细节，就好比"永"字上面那个点不够饱满，或者右边的撇没拉到位。

母亲笑容满面，很开心的样子。我知道她开心并不是因为我夸了她，而是因为我们能这样聊天，用她的话说，很有营养。母亲经常会说，某人说话实在是寡淡，一点儿营养没有。

母亲继续发挥说，如此说来，我这个"永"字不是颜真卿写的，也不是欧阳询写的，是我爹妈写的，笔画虽然齐全，却不够漂亮。

说完她哈哈大笑，笑得我也被感染了。我说行了吧妈，别那么苛刻了，有几个人的人生是笔画齐全的？比如我，就跟我爹差不多，有的笔画多了，有的没有。

母亲立即正色道：瞎说什么呢，你缺什么，说说看。我说，我既没你漂亮，也没你聪明。母亲说，我觉得你很漂亮，你看看你皮肤多好，而且头发又黑又亮。至于聪明嘛，你看我就一个本科生，你可是有硕士学位的。你读的书比我多。

我笑笑不再说，我从来说不过母亲。但母亲随后补了一刀（或者算锦上添花）：最重要的是，你有爱情。你的爱情可以秒杀我的"永"。

或许母亲这样说，并不是为了表明她认为我有爱情，只是为了表明自己没有爱情。有时候人更想表达的是没说出来的那层意思。我知道母亲一直这样认为，她不曾拥有爱情，她在我父亲面前也不讳言。

我大胆推测说：我不信你没有爱情。你年轻时候那么漂亮，肯定有很多人追你。母亲说，还真没有。

我感到不解。很多女人年迈后，一说到年轻时的风光，总还是很骄傲的。母亲却不是，她的淡定不像是装的。我说，那一定是因为你太高傲了，人家不敢追。

母亲笑笑，谁知道呢。有一次出版社团建，我们社一个老编辑跟我说，你知不知道，你刚进我们出版社的时候可好看了，眼睛亮亮的，脸颊像红苹果似的，都不像做学问的。我有点儿尴尬，心里却说，为什么现在才说？为什么要等到红苹果晒成苹果干了才说？

我和母亲一起乐起来。其实类似的话，父亲说过。父亲跟我说起母亲年轻的时候是如何美如何动人时，目光里充满爱意和柔情。我想，父亲是有爱情的，单方面的爱慕也是爱情。

我用另一种方式问母亲：你是不是觉得，年轻时没有轰轰烈烈地谈几次恋爱还是挺遗憾的？没想到母亲说，不遗憾。男女之间就那么回事儿。站在人生的终点去看，那只是一个很短的阶段，痛苦也好快乐也好，都很短。但很多人因此付出了终生，不值得。

母亲又说，人的欲望是很多的，必须随时删减，不然就乱套了，欲望之间一旦互相冲突，就会一事无成。所以我把爱情删除了，留下了婚姻。我的婚姻至少可以得个良。

母亲关于婚姻有一整套理论。她说很多人的婚姻都是不及格的，但出于种种原因无法补考。只好自己做自己的老师，闭着眼加分，勉强过关。她说不及格的婚姻比比皆是，以至于成了常态。

但是，她居然说自己的婚姻可以得个良。

我惊讶：你真这么觉得？

母亲说，真的。你父亲给了我一份稳定的安全的生活，如果我当初找个大才子，或者找个大帅哥，爱得轰轰烈烈，那日子很可能会过得很折腾，很耗神，然后一事无成。从这点上说，我是很感谢你父亲的。鱼和熊掌，我还是想要熊掌，熊掌稀少。

这样的母亲，对我来说，亦喜亦悲。喜自不必说，悲的是，自己差得太远。

可是现在，我忽然意识到自己以前说"亦喜亦悲"是多么矫情。哪里谈得上悲，不过就是掩饰自己的无能罢了。现在面临的，才可以叫作悲。母亲也是会老的。这么简单的道理，我竟然今天才明白。

十

请原谅我的啰唆，我真的有些混乱，东拉西扯。 毕竟我不是在讲故事，我是在讲一个人。 说得抽象一些，我在讲一个人的生命形态。 可是这样的生命形态，即使所有的细节都真实无疑，也依然会让人觉得不可思议吧？

您觉得有意思？ 那太好了，我接着讲。

前面我说，母亲突然打电话给我，要我去郊区接她。 那件事让我忧虑了几天，有点儿忐忑。 可是接下来，她似乎又平安无事了，又回到从前了。 有几次我说去看她，还被她拒绝了，她说她不在家。 她似乎给自己安排了很多活动。"有什么你就在电话里说吧"，她这样说，那我也就顺水推舟了。

以前每个周末，总是我们一家三口回去看他们。 离婚后，这样的聚会没有了。 我们叫她过来，她总是推三阻四。我不清楚她在忙什么。 但我总觉得忙就好，不是一个人在家发呆就好。

可是没那么如意。

那天我正坐在儿子的教室里开家长会，年轻的老师正一脸严肃地给我们讲目前小升初的严峻形势。 我愈发焦虑。与其说是儿子面临小升初，不如说是我面临。 遇上这么个满不在乎的儿子，我焦虑倍增，恨不能拿枪顶着他复习。

忽然感觉手机振动，不由得一阵紧张。 现在人们已经很少直接打电话了，大多是发信息，一旦直接打电话，总是有什么不得已的事情。 自从母亲出状况，我就手机不离身了，即使开会也是调成振动而不是静音。 一看是个陌生的手机号，我按掉了没接，可是又打过来了，如此执着，显然不是什么广告。 于是我回了个短信：哪位？ 我在开会。

一条短信回过来：你母亲在我们这里，请速回电话。

我吓一跳，迅速猫腰离开了教室。 电话打过去，是个男人。 他说他是出版社的保安，刚才他在门口遇见了我母亲，他和她打招呼，问她过来办什么事，母亲竟然说她过来加班，有一本书稿没看完。

保安师傅知道我母亲已经退休几年了，就问她怎么没出去玩儿，母亲愣了一下，似乎意识到了什么，她突然笑了一下，说我是来看看有没有我的信件。 母亲的反应依然很快。保安师傅问她，您还记得我吗？ 母亲笑眯眯地说，哪能不记得。 但明显是在敷衍，她不记得他了。 以前她总是叫他小周师傅。

母亲进到收发室，仔细翻看那堆无人领取的邮件。 小周师傅在一旁说，祝老师，我想咨询一下孩子高考的事。 问问你女儿呗。 你女儿不是在大学里吗？ 母亲很快将我的电话给了他。 小周师傅就趁母亲看报纸的时候，跑到门外给我打了这个电话。

小周师傅说，我老在网上看到老人走丢的事，我有点儿担心她，退休那么多年跑来上班，有点儿不对劲儿。

我心慌意乱的，先谢了小周师傅，衷心地感谢。然后，镇定了一下，打电话给母亲。

母亲倒是很快接了我的电话。我若无其事地说，你不在家呀？我今天正好有空，想去你那里找个资料呢。母亲说，我出来办事。我说，那我来接你，你在哪儿呢？她说不用接，我在出版社，一会儿坐十六路公交就回家了。

听电话，很正常，太正常了。也许刚才她是一时恍惚？但我相信保安师傅不会无缘无故担心的，她一定又出现那种恍惚的眼神了。我刚要放电话，母亲又来了句，我正要找你，我需要和你谈谈。

不知为何，这句有点儿瘆人。

我没去接她，我相信她能回家。那条线她走了几十年。最重要的是，母亲一旦明白过来自己犯了那样的傻，会无地自容。用我儿子的话说，人设崩塌。那对母亲来说是要命的事。

可是，如果母亲真的跑去上班，那比发错信息，比钥匙插在门上，在外面回不了家都要严重。那是真的有问题了。

我随手买了些熟食和水果，来到母亲家。就在我开冰箱放熟食时，又一件让我心惊肉跳的事发生了。我在母亲冰箱的冷柜里，看到一团蓝色的东西，拉开一看，竟然是双袜子！

我的心咚咚咚地跳，好像发现了可怕的秘密。母亲竟然把脏袜子放进了冰箱！ 我拿出袜子，关上冰箱门，发现门上贴了好多纸条，就是那种黄色的蓝色的粉色的胶黏纸："记得关气阀！！"（竟然是两个叹号。）"烧菜时不要走开！""睡觉前倒一杯水放床边。"

我紧张起来，进屋四处打量。 母亲的房间越发凌乱了，东西似乎也少了不少。 书房的桌子上，依然堆着很多备忘录，不同的是，上面写的不再是本周要做的事，而是今天要做的事，每天一张，都有日期，并且非常具体，细化到：洗衣服、晒衣服、买卷纸、去社区医院开药、喝三杯水……在晒衣服后面，还加了一句：一定不要忘了晒。

忽然，我在其中一张纸上看到一句：下午去德仁医院。 看日期，是半个月前。 好像就是她叫我去接她那天。 难道她是跑到那家医院去了吗？ 她不想让我知道，就骗我去看老朋友？ 会是家什么医院呢？

我拿出手机想上网查一下，忽然听到开门的声音，连忙窜回客厅，在沙发上坐下。

母亲进门，表情一如往常。 我也装作什么都不知道的样子，看着自己的手机，心里却在扑腾。

难道母亲真的是，真的是像小姨预感的那样，得了阿尔茨海默病？ 不可能。 不可能。 我无法相信。 比我自己得了病还要难以接受。 我在心里激烈地反对，就好像我激烈反对，事实就不存在了。

母亲淡然地看我一眼说，你怎么来了？

我说，刚才不是给你打电话了吗？ 我过来找资料，然后和你一起吃个午饭。 母亲顿了一下，说，哦，来了正好，我跟你说个事。

她转身去厨房。 我拿起桌上找好的一本书跟进去给她看。 我说，这本书我借用一下。 母亲说，尽管拿去吧。 她打开冰箱，把买回的饺子放进冷冻室，说饺子涨价了。

我说，你要跟我说什么？

母亲关上冰箱门看我一眼：就是那个，那个……我提示说，是关于书吗？ 母亲盯着我，好像答案在我脸上。 我揽住她的肩膀说，不急，想起来再说。 她忽然说，噢，我是想问你，你们家还有没有空地方？ 我想把家里的书全部给你。我说那怎么行，都是你的宝贝。 母亲说，宝贝也可以换主人。

过了一会儿母亲又说，我真的在考虑这些书的去处。 我现在已经很少用它们了，其中有一部分是你外公留下的，版本很珍贵。 你小姨也用不上。 如果你也用不上，我打算捐给我母校。

我说，我没意见。 还是捐给大学图书馆比较好。 我们家还真没地方放。 再说现在电子书更方便。

母亲坐下来，盯着我，两眼瞪得很大。 但我感觉到她不是在看我，是盯着她面前一个虚无的世界，我心里有点儿发毛，叫了一声，妈。 她回过神来，看着我，说：我要和你谈谈。

我说，好的。但她又不说话了，又进入了虚无的世界。神情恍惚。我只好找话说：你今天去出版社干吗？她顿了一下，回答说，我去找资料。我小心翼翼地问，不是去上班？

她突然不高兴了：我怎么会去上班？我都退休好几年了。是不是那个门卫跟你瞎说什么了？我看到他鬼鬼祟祟在打电话。我连忙掩饰：什么门卫？没有啊。她似信非信，还瞪着我。我说，是你自己跟我说的你在出版社嘛。她缓和下来：我就是去看看有没有我的邮件，有些人还是习惯把我的邮件寄到出版社的。

看母亲说的这么确定，这么有板有眼，我想，有可能真的是保安多疑了。我多希望是小周师傅瞎说的呀。可是，冰箱里的袜子又作何解释呢？满屋子的小纸条又作何解释呢？但我问不出口。

我别有用心地说，我最近老犯糊涂。牛牛他爸说我每天在家就三件事，找东西，找东西，找东西。母亲说，这可不好，你还这么年轻，就犯糊涂。

口气一如既往。

母亲又说，你放东西一定要有规律，什么东西在什么位置，这样就不会老找。比如，证件放在哪个抽屉，药放在哪个抽屉。养成习惯。我是被你外公训练出来的。小时候我从来不敢说"我忘了"这句话，外公的口头禅是，年轻人的字典里不能有"忘"这个字。

仍然一如既往。

我只好放弃引诱，问，你刚才说想和我谈谈，是什么事？

母亲说，今天算了，改天吧。

我又想起了冰箱里那双蓝色袜子，实在是刺目、刺心。我便试探着说，妈，要不你请个钟点工吧，帮你做做家务，你好安心看书。其实我是希望，有个人每天来家里，避免她出意外。

母亲断然回绝道：不必。

母亲依然是强硬的母亲，这让我喜忧参半。

我得再跟您讲讲我的母亲，说说她是个怎样的人吧，那样您才能明白为什么我那么拒绝承认母亲会变糊涂，或者说，母亲她那么拒绝承认自己会糊涂。

母亲虽然声称自己没有爱情，但我感觉她的人生还是充实的、愉悦的，因为她在事业上找到了乐趣，乐此不疲，是那种真正的热爱。

母亲从小就喜欢古文。据她讲，小时候没什么书可看，偶然在外公的书架上找到两本《古文观止》，一篇篇读下来，产生了很大的兴趣，于是问外公还有没有这样"好看"的书。外公很是诧异。夜深人静时，便从床底下拖出一个箱子，里面装着几十本已经有了霉味的"好看"的书，是运动初期外公偷偷藏起来的。 外公说，这些书都可以给她看，但是，第一，不能带到学校去；第二，只能晚上看；第三，不能借给任何人。 于是从那以后，她每天晚上都不出门，在家里唯一一盏台灯下看那些书。 先后读了"四书五经"，《唐宋文举要》《乐府诗集》《朱子及其哲学》《绿野仙踪》《聊斋志异》，还有八卷本的《戚蓼生序本石头记》。 横排本的竖排本的，都挨着读。

参加高考，母亲的数学没考好，得了 60 分，但语文却得了 85 分，是他们年级中语文的最高分。 后来得知，数学 60 分也是他们班的高分了。 毕竟他们那代人几乎没机会上课。母亲说，拿到卷子，很多题都没见过。 大学毕业时学校想让她留校，她却一门心思喜欢故纸堆，最后如愿以偿，分到了古籍出版社。 她曾经跟我说过几次，我很幸运，以喜欢的事作为职业。 她很投入、很专一，把几十年的职业生涯全部给了古籍。 从编辑一直做到编审，不仅是他们出版社的业务骨干，还是古文学会的骨干，经常被请到大学去讲课。

母亲也曾经有机会当社领导的，被她坚辞了，她说自己不适合当领导。 于是一直埋头编书，做编辑做到退休，退休后还被返聘了几年，后来因为眼睛花得厉害，大概快六十五了，才彻底离开了出版社。

其实，母亲并非像她说的不适合做管理人才，聪明的人往往样样通。 她是个兴趣广泛的人，什么都肯学，很早就开始用电脑了，作图软件，PPT 软件，她都会用，也很早开始上网，QQ 号都是八位数的。 在他们那代人里，应该是少见的。

有一回我看她在用手机扫描旧书上的资料，转换成 word 文档再整理，惊叹不已，夸她能干。 她不以为然地说，人家都能发明创造出来，我还能连用都学不会？ 人和人的差距不能那么大呀。

母亲的好学常会让我想起亚里士多德的观点，人生就是追求卓越，人若能将自己的潜力发挥出来，就是成功。

母亲不只是追求卓越，还喜欢与众不同，比如她出去旅游，就喜欢一个人走，自己做攻略，自己上路。 这样的旅游她有过两次，一次去了川藏线，一次去了新西兰。 她说找伴儿麻烦，我却觉得她是不想和其他人为伍。

跟您说两个我母亲的段子吧。

一个是，有一次她看中一双鞋，很贵，是个没见过的牌子，小姑娘便大肆广告说，这个鞋是一线品牌，很多大明星都穿，你可以上网去查。 随后她又补了一句，你如果不会上网，就让你孩子帮你查。

母亲放下鞋，拿出手机说，小姑娘，你把你的手机拿出来，我们比一下，看谁更会上网？ 小姑娘愣了。 母亲说，我敢说，手机的所有功能我都会，你会几样？ 我会用手机购物缴费，用手机修改稿件修改图片，用手机看书听书，用手机录音录像，用手机发微博，用手机看电影看电视剧，用手机发电子邮件，用手机买车票买机票选座位，用手机炒股转账，买理财产品买基金……

小姑娘伸伸舌头笑道，我认输、认输。

母亲玩游戏也很厉害，她还没对小姑娘说这个呢。风行玩《热血传奇》的时候，母亲因为打得好，在网上结识了一帮小青年，并且成了他们的头领。后来他们这个群聚会，母亲也去了，当她出现，并说出自己的网名时，小青年们一阵惊呼，直接傻了，个个膜拜无比。

还有个段子是，九十年代末，我们家家底很薄，有一次母亲路过一处新开的楼盘，看到楼顶上挂下来一个竖幅标语：首付五万，你就可以拥有。

我们家那时的存款刚好五万。母亲二话不说，把身上的一千元现金掏出来交了订金，回家后即去银行取出那五万。哪知首付五万，手续费和税费加起来还有五千，母亲就找小姨借了五千，之后，每个月按揭一千，共二十年。那时她和我父亲的收入加起来也就三千多。父亲一句反抗也没有，他相信母亲这样做总有她的道理。那时候大家都没有商品房的概念，我们家一直住在母亲出版社的公寓房里。亲戚们都不理解母亲的行为。

可是，等按揭到第五年时，那房子价格就翻了一番。母亲果断卖掉了，直接赚了二十万。所以我们家的经济基础，完全是母亲打下的。我在这方面望尘莫及，更不要说父亲了。

我做她的女儿，前四十年不但没有操过心，还非常依赖她。她不只会做学问，生活方面也很强大，属于过目不忘。家里吃什么，她都能说出营养成分、好处和坏处。这两年常看到有人转发关于少用抗生素的文章，我都会在心里感激我母亲，她早就有这个观念了。拜她所赐，我儿子从出生到现在都没有打过点滴，我也几乎没有。

有一年我犯了头痛的毛病，痛起来天旋地转，只能躺倒在床上。我感觉是工作压力太大，导致神经紧张的缘故，就去校医那里开了些安神止疼的药吃。母亲知道后说，不要瞎吃药，你一定是颈椎出问题了，脊神经受到压迫引起的，去拍个片。我连忙去拍片，果然是颈椎退行性变。医生批评我，年纪轻轻颈椎就出问题，赶紧锻炼。事后我问母亲，你长年伏案，怎么没听你说颈椎有问题呢？母亲说，我哪能什么都跟你说？我当然疼过，也去看过医生。

总是这样，母亲替我解决难题，而母亲的难题，我却无从知晓。

母亲就像是我的靠山，一直立在那儿，我需要的时候去找她，不需要的时候她就像不存在似的，从不麻烦我。

我哪能什么都跟你说？这就是我母亲的风格。

一句话，在此之前的几十年里，母亲不但是一盏省油的灯，还是可以给我照亮的灯。

这样的灯，也会灭吗？

这样的大脑，也会糊涂吗？

就是因为这些，我不敢和母亲谈，不敢揭示真相，比如直接告诉她，你把袜子放到冰箱里了，你脑子出问题了。我怕她。

可以这样说，我不敢质疑母亲，就如同不敢质疑上帝，不敢质疑佛祖，不敢质疑老天爷。

我希望她主动说，你陪我去一下医院吧。

哪怕她说一句，我好像有点儿不舒服，我也会马上跟一句，咱们去看看医生？可是她在我面前，总是一如既往，总是表现出"我很好"的样子，让我无从提起"医院"这两个字。

十二

我忧心忡忡地跟丈夫商量：这段时间儿子交给你来管吧，我想全力以赴地管我妈，她越来越让人操心了。

丈夫说，好，你去。儿子毕竟小升初，考不好了今后还有机会弥补。妈妈那儿出了问题你要后悔一辈子。

我总觉得他的话哪儿不对劲儿。也许我是希望他说，儿子没问题，有我呢。但我也没心情计较了。我告诉他，我母亲竟然跑到出版社去上班，完全忘了自己已经退休好几年了。而且，关键是，我在她房间里发现了好多异常，到处是小纸条，提醒自己要干吗。（至于袜子在冰箱的事我没提，我还想维护母亲的面子。）

我那四平八稳的丈夫终于被惊到了，一脸错愕。

过了一会儿他说，我觉得，你还是得去和爸爸谈谈，尽管他们已经离婚了，他才是最了解妈的人；另外还有小姨，你也得告诉她。你们三个得好好商量，一起想办法。你一个人提心吊胆，一点儿用也没有。你们首先要确定妈妈到底是什么问题，然后，想出解决办法。比如，该去医院就得去医院。

所言极是。丈夫的一番话让我心定了一点。其实我也是这样想的，只是他说出后更坚定了我的想法。就好像往墙里钉钉子，最后那一锤，让钉子彻底进入墙壁。

第二天我直接去了父亲家。刚停好车，就遇见了父亲，看样子他刚刚锻炼过，脸上汗涔涔的。

他见到我很有些惊喜：你这坨泥巴今天怎么跑来了？

我从车上抱下一箱苹果说，给你送苹果来了。你不是很爱吃苹果吗？父亲说，爱是爱，就是现在牙齿不行了。我说，那就切成片吃。父亲说，煮着也要吃，女儿给我的呀。

父亲一边和我往家走，一边嗨嗨嗨地叩牙。我说，你干吗呢？他说，我今天早上忘了叩牙。我每天要叩两百下的，这叫健齿。不然牙齿要掉光了。

我笑。父亲说，唉，没办法。这几年身体大不如以前了，一会儿腰疼，一会儿颈椎疼，一会儿肩周炎，一会儿牙疼，一会儿关节疼。

我习惯性地问，那你去看了吗？

父亲说，看也没啥用。老了，不出毛病才怪。年轻的时候病是敌人，入侵你欺负你，很快就被你兵强马壮地打跑了。年老的时候病是朋友，敲门进来就不走了。这种时候，你只有心平气和与它共处，共同走完最后一程。

我说，耶，老爸，你还这么有哲理。

父亲说，那我也不能白和你妈待那么多年吧？

我说，我还是给你买点儿鱼油、维生素、钙片什么的保健品吧。

父亲说，我不喜欢吃那些，我就是锻炼。我总结出了一整套锻炼方式，我跟你说哈，早上起来先叩牙两百下，再拍打腿关节一百下，再前后左右转头二十下，然后用力甩胳膊一百下，泡好茶后，用茶气熏眼两分钟。晚上再到健身器械上活动半小时，出出汗，排排毒。

我说，爸，你这都是哪儿学的？

父亲说，我自己总结出来的呀。其实我早就想这么做的，怕你妈说我神神道道。现在我一个人，随便乱整都可以了。我认为任何养生之道都贵在坚持。对不对？我坚持个一年半载肯定大见成效。

我说，可以练练。反正你那些方式也没坏处。不过保健品也吃点儿，还是有效的。不然为啥现在人的寿命都长？不要说人，你看连动物的寿命都比原来长，小姨家的豆豆（泰迪）都十九岁了，这几年小姨一直在给它吃微量元素和钙片呢。那天我看到新闻，那个叫新星的大熊猫都三十七岁了。 它肯定也吃了不少保健品呢。

父亲说，那好，你去给我买点儿，我也享受一下豆豆的待遇。

进门，我发现房间已不如上次来时整洁了。 一个老男人，让他每天把屋子收拾整齐，确实是为难他。 我暗想，也许我应该帮父亲找个伴儿了，还有，也得帮母亲找个钟点工，这两件事都必须做。 不过母亲的事要优先。

我放下苹果，转身，看到父亲的一缕头发，从顶上掉下来了，挂在左眼角旁边，十分滑稽。 我上前帮他撩起来，重新放回到头顶上。 头顶光亮可鉴，那一缕头发像毛笔画上去的。

我说，爸，你还不如剃光头算了。

父亲说，我不剃，我有头发。

他转过身让我看后脑勺：你看，这么多。

跟着又说了句，剃光头像黑社会的。

我笑了，不再劝他。 父亲又泡了两杯浓浓的花茶。 我们就在麻将桌边坐下，面对面。 父亲说，说吧，什么事？你肯定无事不登三宝殿，有事找我的。

我也顾不上嘘寒问暖了，直截了当地跟他说了母亲最近的情况。 钥匙插在门上，外出不能回家，尤其是，昨天突然跑到出版社去上班，袜子放在冰箱里。 真的发生了很大变化。

父亲的神情不断变化着，我完全能看懂。 最先是不以为然：哼，非要分开过，能过好吗？ 然后是：怎么会这样？
她是个多么聪明能干的女人啊。 再然后是：怎么办？ 怎么
办？ 但他一句话也没说。 我也没逼他表态。 我知道他需要
消化。

我说，我也知道你们现在不是夫妻了，可是妈妈的事，
我没人可商量，还是得和你说。

父亲开口道：你当然应该和我说，你不和我说才不对。
你想我们在一起四十多年，分开才几个月。 但是，但是，不
可能啊。

父亲蹙着眉，端起茶来，一口没喝又放下了。 对他来
说，这样的事可能是他这辈子遇到的最难的事了。 忽然他一
拍桌子，做出一副想明白了的样子大声说：我看，你妈她，
就是一时糊涂，绝对不是得了那个阿什么海。

我说，阿尔茨海默病。

对，不可能是那个病。 她那么聪明的人，脑子那么好
使，怎么可能得老年痴呆？ 我们全家得她也不会得。 父亲
神情有些激动，好像在替母亲辩护：我看，她就是离开我不
习惯，乱了方寸。 肯定是这样的。 肯定是。 她不可能得
病。

父亲竟然会用"乱了方寸"这样的词。 我苦笑说，我也
不愿意相信啊，可是她那些表现，不是普通的糊涂，是有认
知障碍。

我也说出了一个刚学会的词。 父亲没问我那个词儿的意

思，坚决地说，我不信。 打死我也不信。

我不知该说什么了。 看来父亲无法接受，比母亲突然提出离婚还要难以接受。 我也无法接受啊。 可是，这不是以我们的主观意志为转移的。 父亲喃喃自语说，我不该答应她离婚，我应该赖着不走的。 我不走就不会出这些事。

我眼圈儿红了。 我可不想父亲着急上火，再出什么差错，于是连忙安慰他说，你说的有道理，她可能就是不适应一个人过日子。 你不用担心，我再观察一下。 我最近多去她那儿看看。

父亲说，不过，咱们也不能不采取措施。

父亲撩起掉下来的那缕头发，颇为果断地说：从明天开始，我跟着她，我不打麻将了，免得她出意外。 她去哪儿我去哪儿。 你妈那个人死要面子，要是找不回家，她宁可到处瞎逛，也不会找警察问路。

如果能这样那就太好了。 我忍不住说：但是要辛苦你了老爸。

父亲说，有啥辛苦的，我腿脚好使着呢。 想当年在部队，五公里越野都跑第一。

我说，我去找医生咨询。 我们分头行动。 如果真是有问题，我们还是要送她去医院。

父亲说，那就得看你的了，她不听我的。

我长叹一声。 父亲过来搂搂我的肩膀，他已经很久没有这样的举动了：泥巴，别叹气，别皱着眉头。 没什么大不了的，还有爸爸呢。 你妈不是经常说嘛，天塌不下来。

我努力笑了一下说，好的，爸爸。

十三

您说的对，我不该拖延，不管怎样都该和母亲正式谈，认真地告诉她必须去看医生了。 哪怕她发火，也得谈。

可是我每次一面对母亲，就说不出口了。

坦率地说，如果是父亲得了这个病，我没那么焦虑，并不是我不爱父亲，我很爱他。 而是父亲会顺其自然地面对，我照顾他他会接受。 母亲却不会，母亲是一定要折腾的，负隅顽抗。 而我，恰恰一辈子都很膜拜她与生命的各种抗争。

夜里失眠的时候，我用手机上网查看资料，才发现眼下患这种病的人特别多。 这样说吧，每七秒这世界上就有一个人走进这个病的行列，目前全世界大约有四千万，每二十年增长一倍，到 2050 年会达到 1.5 亿。 其中六十五岁以上的痴呆症比例，是 4% 到 8%，就是说一百个六十五岁以上的人，就有 4 到 8 个会罹患此病。

太可怕了。

是的，您说得对，过去也多，但过去很多人得了也不知道，就以为是老糊涂了，到死都不知道那是一种神经系统的病。 现在医学发展了，才能被告知这不是简单的老糊涂，是神经退行性疾病。

退行性可真不是个好词儿，关节退行性变，就会导致关节疼痛，不能爬山乃至不能走路。脑子退行性变，就会导致神经系统出问题，更可怕。可是人一旦老了，哪还有前进的器官，不都是后退吗？母亲曾跟我说，人体器官里，只有鼻子和耳朵是一直生长的，其他都在萎缩。所以人老了鼻子大耳朵长。可惜，那只是肉体的增长。多希望现代科技能更新大脑，更新神经系统啊。

有篇文章说，其实人到中年以后大脑就逐渐开始萎缩，六十岁以后，大脑容积会以每年 0.5%~1% 的速度减少，就像皮肤会长皱纹一样，人脑萎缩是每个人不可避免的自然现象。

脑萎缩并非一定会痴呆。所以分为生理性萎缩和病理性萎缩。如果是病理性萎缩，不仅仅会出现认知障碍，还会出现语言障碍和行为障碍，还会出现性格及行为异常、情绪异常。其中发生神经性病变的，就是我们常说的阿尔茨海默病。其实阿尔茨海默病，只是老年痴呆或者说认知障碍症中的一种，另外还有三四种病症。但是无论哪种，都是不可逆的。

还有一篇文章谈到，通过研究发现，血液中 Tau 蛋白升高，会增加罹患阿尔茨海默病的风险。而经常熬夜，就会导致血液中的 Tau 蛋白升高。母亲的确经常熬夜，可怕的是，我也经常熬夜，我一边了解一边暗暗下决心，要调整，要调整。

回想起来，我有个闺蜜曾跟我说起过，她妈妈原先是个脾气很好的人，对人特别友善，一辈子不发脾气。但老了之后忽然变了，变得多疑、苛刻、脾气暴躁，给她换了五六个保姆，都待不下去，很是让人不解。但她一个人又无法生活，最后只好送到医院。闺蜜非常痛苦，又非常无奈。现在想来，其实那就是一种病症，不是脾气变坏了。

我继续查找，发现了一个公号，就是专门关注这个病症的，"爱记忆"，是个认知症应用加服务在线服务号。其中有脑健康自我检查、记忆体检。可以自测，也可以帮他人测，看是否有认知障碍。认知障碍分三个阶段，轻度、中度、重度。

我想帮母亲测一下，这才发现，我对母亲的很多情况都不了解，比如睡眠质量、饮食情况以及日常。这让我羞愧。

我心乱如麻，在暗夜里发呆。

忽然想起，我有个同学的丈夫，就是精神科的医生，在市里的精神卫生中心工作。当时同学和我说起时，我一点儿也没往心里去，感觉那种地方和自己永远都不会有干系。此刻，我顾不得已是夜里，给同学发了条信息，简要说了母亲的情况，希望能向她丈夫做个咨询。好在同学很理解，马上答应和她丈夫约。

第二天我就去了医院。见到同学的丈夫后，我迫不及待地一股脑儿将母亲的情况告诉了他，包括我的一些感觉。

她丈夫姓李。李医生说，从你的讲述判断，你母亲应该是有认知障碍了，就是我们俗称的老年痴呆。 至于到了什么程度，还需要进一步检查。 我需要和她面谈，还需要给她做一些仪器检测。

我抱着一线希望说，可是我母亲并不是每时每刻都糊涂，多数时候她是清楚的，就这几个月她还在处理好多家里的事（我没和他说父母离婚的事）。 我感觉她还是挺有能力的。

李医生说，也许你母亲属于比较理性的知识女性，她在努力把控自己，甚至她意识到自己患病了，想努力安排好以后的生活，她不想把糟糕的一面展示给家人，不想拖累家人。 可是她不知道，这个病恰好就是要有家人照顾，一个人生活是很危险的。 不只是糊涂，还有可能步态不稳，四肢不协调。

我紧张起来，又问：目前对这个病有什么办法吗？

李医生说，目前还没有特别有效的医疗手段。 但是尽早确诊后可以进行科学干预，采取有的放矢的照护，可以控制病情。 你最好马上带她来做个检查，起码要做一个脑部核磁共振，看看她的神经元纤维的缠结和神经元斑块是否增多了，看看颞顶叶皮层、海马回等部位的萎缩程度。

这些生僻的词，我是第一次听说。 我答应李医生，尽快带母亲来做检查。 可是怎么才能说服母亲呢？ 母亲那么大个人，我又不能拖着她来，她的意志还那么强大。 必须说服她，让她自愿来医院。

只有让小姨帮忙了。

十四

我感觉，母亲的很多秘密，小姨都知道。毕竟她们是姐妹，是目前这个世界上相识最早的人（外公外婆都已离世多年了）。

小姨虽然是母亲的妹妹，一个爹妈生的，性格却大不同。小姨是个随遇而安的女人，性子很耐，什么事情都是可有可无。高考没考好，就读了个财经学校，她也不觉得有什么大不了的。外公外婆感到遗憾时，她就笑嘻嘻地说，我一定让女儿考个名牌弥补你们的遗憾。她和姨父两个也是一辈子相安无事，陪伴到老。

我把母亲最近的异常都告诉了小姨：一个人跑到花满都，找不回家，让我去接；一个人跑到出版社，以为自己要上班，但坚决不承认；还有，家里到处是小纸条，竟然把袜子放在冰箱里……

小姨神情黯然。我很少见她这样。她是个不怎么发愁的人。"我就说嘛，我就说嘛。"她连着唠叨这两句，虽然是两句很简单的话，却让我感觉到后面有股潮水在涌动。

真是瞎折腾，离什么婚嘛。她又说。

我早有感觉。是祸躲不过啊。她又说。

她说这些的时候，手上正在剥橘子。眉头紧蹙，好像橘子皮很难剥。 或者，她在努力抵挡着要涌出胸口的浪头。年迈的豆豆卧在她的脚边，一动不动，似乎已经对吃失去了热情。

我终于忍不住问，躲什么祸？

小姨把剥好的橘子递给我，然后开始用橘子皮挤汁，涂抹在手背上。 一股橘子皮特有的气味散发开来。 这个动作和母亲太像了。 母亲吃完橘子也是这个动作。 当我笑话她时，她理直气壮地说，活到这个年龄了，没点儿怪癖说不过去。 母亲又说，这是因为外婆喜欢这么做，外婆认为橘子皮里挤出的汁能滋润皮肤。 原来一代和一代的传承，不只是基因，还有耳濡目染的熏陶。

小姨。 我叫了一句。

她抬头看我，我看到那股涌来的浪头已经到她喉头了。她丢下橘子皮，往沙发后背一靠，动作有点儿重，以至于豆豆抬头看了她一眼。

唉，我早就想和你说了。 今年春节，就是过年的时候，年三十那个晚上。 小姨以颇为啰唆的方式开了头，我竖起耳朵听。

小姨说，年三十的晚上，你们不是都去烧头香了吗？ 就我和你妈两个人在家。

是的。 每年年三十晚上，我爹都要去寺庙烧头香，我老公也是个积极响应的人，我只好跟着他们。 而我妈，用她自己的话说，是个彻底的无神论者，绝不参与这些事。

那天晚上就我们俩在家，天南海北地聊。我们也很久没那么长时间聊天了。后来也不知怎么，你妈就提起了外公家以前的事，主要是那个老姑妈的事。

什么老姑妈？我问。外公去世时我才三岁，一年后外婆也去世了，所以我对外公家的事很不了解。

老姑妈就是外公的亲姐姐。小姨说，不知为何没有出嫁，一直住在外公家，就是说，是外公养着她。外婆说，老姑妈年轻时感情受过挫，就成了老姑娘。小时候我们就觉得她与众不同，喜欢穿旗袍，喜欢挽发髻。每天闷在家里看书、画画。画那种工笔画，一只鸟都要画半个月那种。也不爱和我们说话，偶尔说话，也是很奇怪的话，我们听不懂。

我不明白小姨怎么讲起老姑妈来了，我是想和她谈我妈妈的。

小姨说，"文革"来了，外公不准她再穿旗袍，外婆给她买的蓝衣服她就拿剪刀剪。再后来就变得有点儿疯疯癫癫的，经常一个人跑出去，把自己的衣服送给流浪汉，还把家里的米拿出去送人。那时候物资匮乏，家里的米都不够吃。外公怎么阻拦都没用。那个时候，老姑妈已经年过半百了。有一天她跑出去，跟着串联的红卫兵跑到了火车站，找不回家了，外公急坏了，到处贴寻人启事。两天后，她才被铁路公安送回家来，蓬头垢面的。外公只好把她锁在屋子里，她就在屋子里大喊大叫，摔东西。终于有一天，她又跑出去了，几天都没回家，后来，在沙河边发现了她的尸体，淹死了。那时你妈刚读初中，我还在读小学。我们都吓坏了。听左邻右舍的人议论说，老姑妈是"花疯子"，因为没能嫁给喜欢的人，就疯了。外公很生气，他跟我们说，你们的姑妈不是"花疯子"，是身体有病，一种很难治的病。

小姨说，外公当时很难过，念叨说，这是摆不脱的命。

我默想，果然是每个家庭都有自己的小宇宙。

小姨说，那天晚上，就是年三十晚上，你妈忽然跟我提起老姑妈，她问我，你知不知道老姑妈到底是什么病？我说我哪知道。你妈说，我感觉她是阿尔茨海默病。我没说话，我不愿去想这种事。你妈说，听爸说，咱们祝家的人，从祖爷爷那代开始，几乎每代都会出现一个像姑妈这样的人，神经系统有问题。

真的吗？我怎么从来没听妈妈说过？我打断小姨，同时心里一惊。如果这个病会遗传，那么我，我也会得吗？等我到了母亲的年龄……不，现在不能想这些。我瞬间掐灭了这个念头。

以前我总是遗憾自己不像母亲，这一刻却暗暗庆幸我更像父亲。我是不是很自私？

小姨说，也许你妈不愿意和你说。我也不愿意说。搞清楚又怎样？那些东西在你的血脉里，并不是说你搞清楚了就可以改变什么。但是你妈就喜欢追根究底。我有意把话题岔开，问她西班牙语学得怎么样了。她不回答，还是很固执地念叨这个事儿。 她说，听说有家族史的人，患阿尔茨海默病的概率比较高。 我说你就别胡思乱想了，据说到了2028年，人类就可以长生不老了。 你妈说，如果一个人变得糊里糊涂的，长寿有什么意思？ 我说，大过年的，别净说这些不痛快的。

你妈沉默了。 我总觉得她还在顺着她那个思路往牛角尖里钻。 我想说点儿有希望的，把她拉出来。

我说，如果将来科技发达了，科技跟上帝一样可以满足你一个愿望，你最想要的是什么？ 你妈不回答。 我就自己回答，我说，我的愿望是，和另一个世界沟通。 一来，可以和咱爸咱妈聊聊天，看看他们在那边过得怎么样；二来，也为今后自己去到那儿壮个胆。

你妈终于被我逗乐了。 但很快，她非常严肃认真地说，如果让我向科技帝祈祷，我最大的愿望是，永不失智。

我一时没听明白。 我以为是矢志不渝那个意思，开玩笑说，你的志向是什么呀？

她说：我宁愿不能走了坐轮椅，宁愿失聪了听不见，宁愿失明了看不见，也希望自己永远不要失智，我希望自己到死都是清醒的。 我的大脑永远不要萎缩。

我被她的话震住了，有些心惊肉跳，不由嗔了一句：你瞎想什么呢，怪吓人的。 她蹙着眉说，我不是瞎说，我是认真的。 虽然生命是一种化学反应，从无机物变为有机物，但在我看来生命更应该是一种精神形态。 你不觉得吗？ 生命应当是灵动的、美妙的，凝聚着一股精气神，没有了精气神，就是一副臭皮囊。

其实我们以前也谈论过衰老这个话题，但她总是表现出积极向上的态度。当我说老了没意思，要忍受自己变得越来越难看，忍受各种病痛时，她还很幽默，她说老了就老了，老了说明我没有英年早逝。

可是现在，她竟然对老了后可能发生的事如此恐怖。也许是因为她太聪明了，才那么害怕失智吧，就像美女害怕失去容颜一样。越珍惜什么，就越怕失去什么。

你妈继续抓着这个话题不放：如果有一天真的变成又傻又痴的样子，还不如嘎嘣一下了断算了。你说那些人一天到晚发明那些不长皱纹的东西干吗？又是护肤霜又是爽肤水又是面膜，还有各种仪器，为什么就不发明一个脑子不长皱纹的产品？把脸搞那么光，脑子皱巴巴的，有什么意思？还不是驴粪球一个。这么长时间以来，我学这个学那个，打游戏炒股，一切的一切，就是想锻炼脑子，怕脑子坏了，特别怕。可是我的脑子就是大不如从前了，我明显感觉到了。有时候我真恨不能扒开脑袋看看，里面怎么了。

你妈说这些的时候，眼里满是我从没见过的无助感，让我很惊异。你知道，她从来都是笃定的、自信的，那么无助让我很不习惯。我连忙安慰她说，年纪大了脑子肯定不如从前。我现在都糊涂了，这是正常的。

她默然，然后长长地叹了口气。她是很少叹气的。她是个什么都想得通的人。 我们俩其实都这样，像外婆，什么都看得开，但表现出来的不一样。 我想通了，就是稀里糊涂过日子；她想通了，就是很清楚地过日子，预测到什么就事先安排好。

她叹气之后跟我说，想来想去，我这辈子最欠的，是老卢。 他人好，不计较我，可是我心里歉疚。 老实说，旁人总觉得他配不上我，其实是我配不上他。

既然对不起我爸，欠我爸，那她还离婚？ 我按捺不住地插话，把手上的橘子放回茶几上，我实在是没心思吃。

小姨说，我感觉她离婚，真的是替你爸着想。 她跟我说，她这辈子欠你爸的。 也许，也许她已经意识到……

我说，你是说她意识到自己会变成一个拖累人的老糊涂，不想把我爸的晚年搞成一个辛苦的看护？

小姨点头。 以我对她的了解，她不会无缘无故和我聊这些的，她肯定是有什么预感。 而且她和我说话的时候，会突然发呆。 有时候，她用手指着一个东西，点点点，却半天说不出话来。 以前她可是滔滔不绝的，我跟不上她的思维。

果然，过完春节，她就和你爸离婚了。

那次你跟我说，她在外面要你去接她，你感觉不对劲儿，我就想约她一起出去旅游，也许她不适应一个人生活。可是她马上回绝了，说她走不开，有好多事要做。 我问她不可以回来再做吗？ 她说不能拖。 我打电话给她，约她一起吃饭。 她也总说没空，还说你忙你的吧，你来我还麻烦。

十五

我和小姨把关于我母亲的事儿，聊了个底朝天。我们最后商定，一起去找母亲谈，明确要她去医院做检查。第二天下午，我先去母亲那儿，和她一起吃了晚饭。很简单的晚饭，我买了两个熟菜，母亲烧了个汤。

晚饭后小姨来了，假装不知道我在母亲家，送来一袋她刚蒸好的馒头。但面对母亲，我仍不知如何开口，固有的对母亲的畏惧心理太强大了。

就在这个时候，母亲犯了个错，给了我一个机会。她竟然接过小姨的馒头，放到了书架上。当她发现我瞪大眼睛看着她时，她猛地意识到自己犯了错，顿时窘迫万分。我连连说没事儿，拿起馒头放进冰箱里。

母亲跌坐在沙发上，脸上呈现出从未有过的自卑、胆怯和不知所措，真让我心疼不已。我还是抓住机会，小心翼翼地说，妈，要不咱们去医院看看吧？

母亲不响，我正想往下说，她似乎镇定下来了，缓缓地说：去医院看什么？我又没病。我今年那个，那个考试……

我忍不住提示说，你是说体检吧？

母亲说，对，我的体检结果都很正常。

我和小姨频繁地交换着目光。我猜小姨和我一样心里在擂鼓。 差不多可以确定，母亲的确病了，有了认知障碍。我在资料里就看到过这一条，语言表达障碍，她把体检说成，考试。

我说，那个体检，只是一般的检查。

我不敢说咱们去看看大脑，看看神经系统。 那是母亲最敏感的穴位。 不要说触碰，就是提到她都会发作。

我鼓起勇气接着说，我觉得你这段时间，好像和以前不一样了（我没举证，大家都心知肚明）。 那个，变化有点儿大，我挺担心的。 我觉得，咱们最好还是去医院做个检查，排除一下，如果没事儿的话，大家都好放心。

不料母亲生气了，大声撑我：我哪里和以前不一样了？我不就是糊涂了两回吗？ 你不是也经常糊涂吗？ 还有你，她指着小姨，你还丢三落四呢。 难道你俩也得了那个病？

奇怪的是，我们都不提病的名字，就好像单恋的人总回避说对方的名字一样。 心虚。 我们都心虚。

我换了个角度：要不，咱们先做个记忆检测看看？ 我知道有个网站有这种检测题，我做了一遍，分数都不高。 我发给你你试试？

我之所以说这个，是因为我知道母亲很喜欢做各种题，什么 IQ 测试，什么难倒哈佛博士的五道题，什么只有百分之一的人能答对。 每每做完得了高分，她就会截屏给我看。但此刻母亲却没被我诱惑，她不说话，不知听进去没有。

小姨终于开口了。 小姨也不提病的名字，而是说，姐，这个问题咱们不是谈过吗？ 你忘了，年三十晚上，咱们谈了很长时间。 我知道你一直在担心。 所以我也觉得应该去医院看看，云泥说的对，做个检查，如果没问题，就可以彻底放心了。

母亲没再发作。 过了一会儿她说，你们是不是背着我商量过了？

我连忙说，没有没有，我就是看你刚才，刚才放馒头……我也是忽然想起的。 我是怕万一，万一……

我的怯懦终于让小姨不耐烦了，我从没见她那么激动过。 她把茶杯往桌子上一顿：干吗那么忌讳？ 不就是阿尔茨海默病嘛！ 得个病又不是做了见不得人的事，又不是犯了法，连提都不敢提？ 这世上那么多了不起的人都得过这病，干吗要跟做贼似的？

摊牌了。 终于摊牌了。 我心里暗暗松了口气，同时万分紧张地看着母亲。 母亲愣了，不看小姨，也不看我，双手托着下巴。 好一会儿才回答说，知道了。 我会安排时间的。

声音很轻，略有些暗哑，不过依然透着一股倔强。

我暗暗松了口气。

小姨走过去，揽住她的肩膀，缓和了语气说，我也准备去做个检查呢，咱们这个年龄查一下为好，心里有数。 不用怕，再说怕也没用。 没什么大不了的，咱俩现在说好了，万一你痴呆了，我来照顾你，万一我痴呆了你来照顾我。

母亲抬起头来盯着小姨，突然大笑起来，笑得很夸张。

母亲说，你们觉得我傻了？ 得了老年痴呆？ 怎么可能！ 我才不会痴呆呢，我昨天还默写了《春江花月夜》，还背诵了《楚辞》，我昨天还把《天天爱消除》最新的十五关打通了。 我才不会痴呆！

母亲又恢复了她那辨识度极高的嗓音，响亮、有韧性，一点儿不拖泥带水，光听声音，完全不像年近七十的人。 她似乎自己也被自己那番话给激励了，站了起来，眼睛里重新有了光亮：

这个问题我早想过了。 现在科技发展那么快，日新月异，还有那个马斯克，我最膜拜的那个硅谷钢铁侠，他肯定能发明出一种 AI（人工智能）来解决这个问题的。 他已经提出要把数字智能和生物智能融合到一起了。 说不定将来往脑袋里植入个芯片，脑子唰地一下就全部更新了。 我一定会等到那天的。 等我脑子全部更新，回到出厂设置后，我会重新选个专业来学习。

一番高论让我和小姨瞠目结舌，我仿佛看到母亲熟练地驾驶着特斯拉，在虚幻和现实中来回变道，灯都不打。 那个瞬间我感觉出问题的是我们，而不是母亲。 母亲她什么都明白。 难道是我们多虑了？

我习惯性地附和说，对的对的，现在高科技分分钟有创新，肯定能行的，我都好期待。

小姨却比我冷静，依然坚守在现实世界：所以呢，咱们还是先去医院做个检查，知己知彼，有备无患。

母亲突然一脸疑惑：去医院？ 检查什么？

我心里一凉，母亲又不打灯就变道了。 小姨说，刚才咱们不是商量好了吗？ 去医院做个检查，做个脑部核磁共振。我随即跟上：就算有高科技，咱们也要做到心里有数。 我看就下周吧，我陪你去。

母亲沉默了好一会儿，似乎是在努力理解我们的话。 最后她终于开口说，不用你，我自己会去的。 跟着又加了一句，你什么时候陪我看过病？

我心里无比内疚。 是的，我还从来没陪母亲看过病。我连忙说，这次就让我陪你吧。 我认识一个医生，是我同学的丈夫，我们可以找他。 其实就是做个脑部核磁共振，不复杂。

母亲缓和了语气说，真的不用，你那么忙。 我不是讽刺你，我知道你真的很忙，牛牛今年小升初。

母亲竟然准确地说出了儿子小升初，让我稍稍安心一些。 我说，小升初的事没什么大不了的，还有他爸呢。

小姨说，还是我陪你吧，我反正没啥事儿，你定个时间。

母亲说，好，我定了告诉你。

小姨说，最好就这几天。 我知道你没有拖延症的。

母亲很轻地嗯了一声。 我和小姨又快速交换了一下目光。 只能说到此了。 她那么大个人，我们又不能拖着她去医院，扛着她去医院。

我们离开时，母亲在门口微微躬身，似乎请求我们的原谅。这样的举止让我感到陌生。回家的路上我想，母亲那么拒绝我陪她看病，是不是她已经去过医院了？她悄悄去过了，检查过了，然后……

忽然想起，那天看到母亲纸条上写的"下午去德仁医院"，我却一直忘了查（我也是健忘啊）。我迅速在路边停车，上网查询，果然，第一句就是："德仁医院是一家引入日本照护理念的高端养老服务机构。服务对象为高龄长者、失智者、失能者。"

看来，母亲不但明白了自己的状况，而且开始考虑后路了。她那一大套关于人工智能的想象，其实也是"后路"的一部分吧。

十六

抱歉，我喝口水，我有些心乱。

第二天我发微信给母亲："去医院的事确定了吗？"她没回。晚上我又发，她回了，这周事情多，下周去。好吧，我就等下周。

恰好那段时间我焦头烂额的，除了自己的暑期工作，业余时间全部奉献给了儿子。儿子的小升初考得不好，为了能让他进重点中学，我投入了很多的时间精力，找人、托人、求人。 其间的复杂滋味我就不说了。

好在，我还有父亲这个后援。

那些日子，父亲每天和我通一次话，他现在已经能熟练地使用微信语音了。 他文化不高，打字慢，就直接用语音。他真的放弃了打麻将，每天在小区门口溜达，母亲一出门他就跟上。 而且，他为了方便，还去剃了光头，他说剃了光头我妈就认不出他了，便于跟踪。

唉，我的老爸。 我忽然想，为什么反倒是高智商的母亲糊涂了，木讷的父亲一直都清楚呢？ 大脑真是不可捉摸。

"今天你妈去了保险公司，好长时间才出来。"

"今天来了个小货车，从家里搬走好多书。 不知道搬哪儿去了。"

"今天你妈去了咱们家原来的老房子，不知道去干吗，过了好一会儿才出来。"

"今天你妈去了社区医院，回来的时候还买了菜。"

有父亲，我心里好受了很多，母亲不至于发生什么意外。 但我还是需要她告诉我，到底去检查没有，医生是怎么说的。 不管是什么结局，我都希望那只靴子赶紧掉下来，哪怕砸我脑袋上，砸得很痛，我也好知道接下来该怎么办。

终于，靴子掉下来了。 但不是我预想中的那只。

那天我正一脸讨好地在和一个校长谈儿子读书的事。 那个校长是经我同学的同学才联系上的，重点中学的校长。 我刚把我的意思表达完，还没来得及等校长表态，手机就振动了。 一看，是父亲发来的一段语音。 我瞥了一眼，悄悄长按，把语音转换成文字。

父亲讲话有老家口音，转换成文字，夹了不少莫名其妙的字，比如他叫我"泥巴"，转换成了"你把"。 但我还是能看懂个大概，他告诉我，母亲今天一直没出门，他觉得有点儿奇怪。 前几天每天上午都出门，最晚也是中午。 他特意跑过去看，家里连窗帘都没拉。

我尴尬地跟校长笑笑，给父亲回了一句：是不是还在睡觉？

因为几天前发生过这样的事，母亲到中午都没出门。 父亲着急上火要我去看，我还来不及去，他就发信息说母亲出门了。

但是父亲又发来一段语音：我刚才打了电话，座机没人接，手机也没人接。 我实在是心焦。 现在已经是下午三点多了，她一个人在家，万一，万一有啥子事呢。 你想她连窗帘都没拉开，太反常了，太反常了。 只有你跑回去看一下了，我又进不去她的门。

我无心再和校长谈了，抱歉说家里突然有急事，匆匆起身离开。 会谈结果如何，听天由命吧。

路上我把父亲的语音又听了一遍，心里有一种不好的预感。 人是必须被告知坏消息的，因为生命本身是残酷的。 我脑子里突然蹦出了这么一句话。 仿佛应景似的，老天开始下雨，是那种湿乎乎热乎乎的仲夏的雨。 我再打母亲的电话，座机、手机，反复打，都没人接。我感觉自己脑袋发蒙。

到了母亲家，我几乎是冲进门的，一边冲一边喊"妈"，真希望听到那个熟悉的声音应答我，哪怕她撑我，那么着急忙慌干什么？我不是好好的吗？

但家里静悄悄的，一丝人气也没有，只充斥着闷热的不安的空气。卧室、书房、厕所、厨房、阳台，我依次看了个遍，都没人。再回头，发现门边摆放着母亲的拖鞋。

我稍稍松了口气。至少，母亲没有在家里发生意外。显然她是一大早就出门了，父亲没看见。

我先给父亲打电话，叫他不要急。可怜的父亲，毕竟也是七十多岁的人了。父亲松了口气，但还是很不解：她出去了？她那么早跑哪儿去了？我可是七点就在院子门口转悠的。

我心里一点谱也没有。我只能叫父亲别想那么多了，先回家休息。父亲不肯放电话，念叨说，真是焦人，太焦人了。我又不能把她捆在身上。

我说，你别急。一有消息我就告诉你。

父亲说，我说泥巴，如果你妈真的糊涂了，会不会搞忘了我们离婚的事？如果她搞忘了，我就回家照顾她。我肯定把她看得死死的，免得这个样子提心吊胆。

爸。我叫了一声，鼻子发酸。

父亲说，唉，我答应过你外公外婆，要好生照顾她一辈子。

我眼泪在眼眶里打转。 父亲仿佛看到了似的说，泥巴莫慌，你妈不会有事的。 也许她就是出去办事，时间长了点儿。 就算早上六点到现在，也不到十个小时。

我能说什么呢？ 我狠心掐了父亲的电话，打给丈夫，我告诉他，母亲离家出走了，今晚我要在母亲家等她，让他管好儿子。 我说如果母亲一夜未归，我明天一早就去派出所报案。

丈夫也被这突发状况搞蒙了，反复说，有事就给我打电话，有事就给我打电话。 完全没有了平日里的精明能干。 也是，每个人面对应激状态，都需要一个反应过程。 我没给小姨打电话。 少一个人焦虑吧。 我又试着打母亲的手机，依然响到断都不接。

我颓然倒在沙发上，那是母亲常坐的沙发，她与那个沙发几乎融为一体了，要么拿着书，要么拿着手机。 可是，她现在把自己剥离了，把自己扔到外面去了。

墙上的时钟依然不紧不慢走着，寂静中能听见它的足音。 我浑身绵软，欲哭无泪。 忽然想，如果母亲遇到这样的情况会怎么样？ 她一定会说，天塌不下来。 是，天塌不下来，要镇定。 世上的确有深渊，但无底深渊不多。 这也是母亲说过的。

也许母亲不过就是没听到电话，电话静音了？ 也许手机丢了？ 也许她去看哪个朋友，被朋友挽留了？ 不不，都不像。

我深吸一口气，缓缓吐出，再深吸一口气，再缓缓吐出。

这是母亲教我的，对放松情绪很有效。 屋子里闷热难耐，我站起来打开空调，我和房间都需要冷静。

十七

是的，我总是这样，随时想起母亲的教导。 我丈夫说，我总是把"我妈"挂在嘴上，什么都是"我妈说的"。

母亲会不会留了纸条什么的？ 我开始搜寻。

客厅的两面墙书架已经空了，只散落着一些杂志，高大的空荡荡的书架，给人一种被抛弃的荒凉感，仿佛空无一人的战场。 书架没有书，就跟嘴里没有牙一样丑陋。 好在，我知道这些书一定已经去了学校图书馆，希望它们被善待。

我走进母亲的小书房。 电脑竟还开着，屏保在闪。 桌上摆满了资料，感觉是母亲自己打印出来的，果然，都是关于老年认知障碍和阿尔茨海默病的资料，《如何正确看待脑萎缩》《美好晚年的不速之客》《协和专家告诉你容易忽视的老年痴呆征兆》《如何区别正常记忆退化和早期老年痴呆》……其中不少我也看过。

在这些资料里，还混杂着一些母亲默写的诗词，母亲不只是背诵，也喜欢默写，她说电脑再方便也得用笔写，不然时间长了，提笔忘字，丢人。 母亲的字很漂亮，潇洒不羁，但是眼前的这几张，看上去有变化了，显得胆小、犹疑、迟缓。 似乎写了横，就忘了下一笔是竖还是撇。

我坐下来，点击屏幕，想进入母亲的文件夹看看。 在此之前，我是绝不会这么做的，不管母亲写的是学术论文，还是其他，她不给我看我是不会碰的。 但现在顾不了那么多了，我必须找到进入她密室的钥匙，我要知道她想干什么。

母亲的文档很有条理，不出我所料。 里面分了很多文件夹，有"论文"，论文里又分了年代；有"资料"，资料又分了生活资料和学习资料；还有"日记"，日记又按年份分开。

我点了日记，点了今年一月。 每天都只有几句话。 比如：上午整理出已经发表过的论文目录，下午看书、听书，晚上和云泥一家吃饭。 基本是流水账。 我直接拉到文末，发现她的日记截至一月底。 二月就没有再写了。

但是，在后面，赫然出现一个清单，写着"近期需要完成的事"。

第一，和老卢离婚；

第二，和云泥谈一次（在下方画了两道横线）；

第三，整理所有银行卡账号和密码，登记理财产品情况；

第四，捐书；

第五，处理家里不必要的东西；

第六，处理掉不必要的信件资料；

第七，咨询养老院。

虽然，她写下的这几件事，大都已经发生了，我都知道，但这么赤裸裸地出现在屏幕上，还是让我心惊肉跳。

接着，我发现她又断断续续写了文字：

——云泥似乎有感觉，老是催我去医院。妹妹也一起来催。她们一定在背后议论过我了。

——今天很丢人，去医院开药，药费三百二十多，我非要给人家三千二百多，幸好收款的小姑娘人好，没有接过去，提示我多给了。

——今天第一次，我没有背完《离骚》。中间卡住几次。

——今天去德仁医院看了一下，条件还不错，但依然让我害怕。那些失智的老人，要么克制不住地抖动，要么克制不住地瘫软，让我看到了以后的自己。一个人若既不能把控思维，也不能把控行为，太可怕了，无法接受。

——今天早上起床，错把安定当成降压药吃了，倒头睡到中午。感觉很奇怪，后来看到分装药盒才明白。我是真糊涂了。

——我会变成植物人吗？如果真的变成植物人，一棵树，或者一丛灌木，那倒好了，每年都可以发新芽，可以开花，可以生长。可植物人不是植物，不会开花生长的。

我会变成一种既不是植物也不是动物的生命状态吗？那将是多么糟糕的生命状态。

我看得口干舌燥，起身去找水喝。

屋子里那些东西，母亲坐过的沙发、用过的杯子，好像被打了聚光灯一样凸显在我眼前。突然，我看到饮水机旁放着个小旅行箱，是母亲外出常用的那个。我连忙打开，箱子里有几件衣服，还有洗漱用具。难道母亲是打算外出？为什么又没拿走？

再四下里看，发现茶几上还放着一个纸箱。那个纸箱我熟悉，今年春节时母亲曾把它交给过我，让我拿回家。箱子里是我早年给她织的毛背心、披肩和毛袜。我快要结婚时，母亲开始教我织毛衣，母亲说一个女人，总要会两样女红吧。在这方面，母亲又是很传统的。在家休息那个期间，我便给肚子里的儿子织了几件小毛衣。又给父亲母亲各织了一件毛背心，后来又给母亲织了条披肩。母亲虽然很少用，但很珍惜，有一次小姨来，她还特意拿出来给小姨看：云泥给我织的，让我看稿子的时候披着。

父亲老家有个习俗，人离世后，要烧掉逝者常穿的衣物，那年我们参加奶奶葬礼，看到父亲家人拿了两大包衣物在焚烧。母亲当时就小声说，太可惜了，这是什么习俗啊。我知道母亲向来不在意习俗，但是，活在被习俗包围的社会里，也不得不在意。我猜母亲把这些东西交给我，是希望这些东西在她走后，不要当成遗物烧掉。

可是她不过六十多岁而已，身体也没什么大问题。我当时拒绝拿走：干吗给我，你嫌弃了吗？这毛背心还可以穿的，质量那么好。披肩也可以用的。

现在，这个纸箱上面用粗笔写着：给云泥。

我打开，除了那几样我熟悉的东西，还有一个软面抄，本子上也写着"给云泥"。我迫不及待拿起来翻开，里面掉出两张银行卡。而第一页，就是给我的信。我的心一阵狂跳，难道是遗书？

云儿：

本来我是想和你面谈的，但几次见到你都开不了口，也怕自己语无伦次，还是以写信的方式和你谈吧。这信也是一拖再拖。不是没时间，而是在逃避。即使面对我自己，我也害怕真相。但现在必须写了，再不写我要说不清楚了。

正如你所感觉到的那样，我的脑子出问题了。从今年初，不，其实是从去年底开始的，我感觉脑子不如从前了。不只是记性不好，还经常发生混乱，经常出现年轻时候的事情。学习的时候，也经常发呆，效率很差。

我知道外公家族有精神疾病的遗传，我一直在担心。我成天学这个学那个、玩游戏，就是不想让自己的脑子生锈。但它还是生锈了。你常说我是个把控能力很强的人，现在我却要走向反面了，可能连最简单的生活都不能把控了……

（写到这儿突然没有了，大片的空白。我翻页，后面又有了。）

昨天我写了一会儿去倒水喝，喝完水我就出门了，完全忘了写信的事。今天看到摊开的本子，又想起来了。

我现在就是这样的状态，每天糊涂和清醒交替占领我的大脑。清醒的时候，我知道自己要做什么，赶紧写下来，可是糊涂的时候，我看着纸条也想不起来这件事做过没有。只感觉脑子发蒙、混乱。好像有短暂的失忆。

我真的会一点点变傻，变糊涂，到完全失智，完全不能自理吗？如果是，真的比死还可怕。可是我没有勇气选择死。不但缺乏勇气，甚至也缺乏能力，自行了断不是个容易的事。

你和小姨一直动员我去医院，我不愿意去。我心里明白是怎么回事。去医院无非是把我的状态用医学名词描绘出来。不需要那样。我需要做的，就是在彻底糊涂前，把该处理的事情处理了，该安排的事情安排了。

我知道，一旦我成了糊涂虫，你父亲、你小姨、你，都不会丢下我不管的。但我不能成为你们的拖累，我不能容忍自己成为拖累。所以趁着现在还有能力，我要把自己安排好。这几个月我一直在努力。现在已经基本完成了，唯一遗憾的是书没有写完，我已经无能为力了。

（又出现很大的空白，没字，我翻页，没有，再翻页，有了。）

我有三件事交代给你。

第一，你的父亲是个非常好的人，我很感激他给了我四十年安稳的生活。他爱你，爱这个家，孝敬老人。当年外公外婆生病住院，他比我和小姨都尽心。可以说，我们双边的父母都是他养老送终的。我和他分开，是不想再拖累他。以你父亲的性格，他会把自己累死的。所以，你一定要好好孝顺他，为他养老送终。

第二，这些年我努力管理咱们家财产，小有收益。我给了你父亲一半，剩下的一半给你。这些日子我已经把大部分理财产品、基金以及股票赎回了，分别存在两张卡上。还有少量没到期的，你来处理。手机银行账号和密码，还有银行卡密码，都写在本子最后一页。

第三，我走后，不要举行任何仪式，让我悄悄离开，也不要买墓地。墓地会成为你们的负担，年年清明都要在路上堵车，而地下的人全然不知。就简单烧了，撒到一棵树下就行。

（空白，又是一整页空白。我再翻页，一直翻到末尾，又看到了。）

云泥，妈妈很爱你，为你感到骄傲。你不但聪明漂亮，你还善良，继承了你父亲的秉性。你比我强。我之所以这样做，不是不信任你，是不想拖累你，你有你的人生。我不想拖累任何人。我不想听凭命运的安排。

再见，不要来找我。

妈妈于深夜

我看了一遍，又看了一遍。反复看了几遍。我不能判断母亲这些文字是什么时候写下的，有一点可以确定，她不是一口气写的，一定是分了好多次，想起一点儿写一点儿。但最后那段有日期，是昨天夜里。"不要来找我"这句话的意思是什么？焦虑的情绪再次填满了我的五脏六腑。

电话忽然响了，吓我一跳。

我接起电话，是父亲：我想起一件事，泥巴，得马上告诉你。父亲说，你记得不，你妈退休那年，你小姨和姨父邀请我们去九寨沟耍？那是这辈子我唯一一次和她出去耍的地方。那天我们在一个特别漂亮的湖旁边，叫啥子海哦，水特别蓝，像镜子一样，一点儿波浪都没有，湖旁边还有一棵光秃秃的松树。

我说，是不是长海？

父亲说，对对，就是长海。 你妈在那个地方站了很久，还和我们说，这个地方简直像仙境一样，美到让人想死。 我要是哪天不想活了，就到这儿来，沉下去当条鱼。 我们当时感觉她是在开玩笑，没当回事。 但是回家后，看到照片她又说了一次。 你晓得的，你妈就是爱说些奇奇怪怪的话。 我也没在意。 但是我刚才突然想起了，脑壳一下就炸了。 你说她会不会……?

我脑子里警铃大作。 母亲她，难道独自去了九寨沟?

我放下父亲电话，迅速打给丈夫，我说我们得马上报警，现在。 丈夫蒙了一会儿说现在吗? 我说，对，就是现在，必须马上报警，找我妈，不然就来不及了。

十八

后来的事，我就简要地告诉您吧。

我们通过警察的帮助，调取了几处监控录像，很快得知了母亲的行踪：她早上六点半就离开了小区，上了一辆出租车。 警察查到出租车一问司机，她去了火车站。 再问火车站。 车站果然说他们那里出现过一位疑似走失的老人，拍照过来一看，正是我母亲。 但车站又说，这位老人已经离开了，就在一个小时前，工作人员没注意的时候，她走了。 再追查监控录像，一点点地找，真的很感谢那两位警察，很耐心，终于发现母亲离开车站后又上了出租车，据司机说，他把母亲送到了打铜街某某号。 我马上反应过来了，母亲是去了我们早年的家。

于是我们迅速开车赶过去，生怕她再离开。 还好，母亲在那儿，她在那儿！ 她蜷缩在我们老院子院门口的一个破旧沙发上，脸色青黄，见到我，她像孩子一样愧疚地说，我走错地方了，对不起。

我上去把她抱在怀里，泪如泉涌：没事儿的，妈，我们回家去。

原来，母亲的确买了去九寨沟的机票。 但是坐上出租车后她恍惚了，告诉司机去火车站。 其实出门的时候她已经恍惚了，行李箱都没拿。 进到火车站大厅后，嘈杂拥挤的人流让她的脑子更加混乱。 她想不起自己是来这里做什么的。她在人头攒动的大厅里发呆、转悠。 直到中午被车站一个工作人员发现。 那位工作人员问她有什么需要帮助的，她说她要去九寨沟，还问在哪儿登机。 工作人员感觉不对劲儿，把她带回了办公室，问她家在哪里，家人电话是多少。 但母亲却翻来覆去地说，我要去九寨沟。 工作人员尚未来得及向派出所报告，母亲忽然离开了。

母亲原以为她安排好了一切，搞定了一切，临门一脚却出了问题，本该去机场却去了车站。 而我，得庆幸她这一脚出了问题。 如果她顺利去了机场，顺利登机到了九寨沟，后果不堪设想。

母亲回到家倒头就睡。 一天的折腾让她耗尽精力。 她一直睡到第二天上午。 醒来后，一眼看到身边的父亲，她竟笑眯眯地说，不好意思，我睡过头了。 然后她看到了小姨，错把小姨当成我，云泥你怎么还不去上学？

等下午我去看她的时候，她基本恢复了状态。 我上前抱住她，闻着她身上熟悉的气味，我暗想，以后每次见面都要抱抱她。 我说妈，你怎么能说走就走呢，你不管我了？ 她说，我不走了。 我不甘心。 我还要努力。 我说这就对了，我妈妈从来不投降。 你一定知道尼采那句话吧，打不死我的，只会使我更强大。 母亲笑了，那笑容像是遇见了熟悉的人。

父亲在一旁大声说，当然不能投降，我们要抵抗到底，守住阵地。 我们两个是你的同盟军，对不对？ 母亲依然笑而不语。

后来的日子，母亲的状况时好时坏。 所谓好，就是她清醒过来了，各种折腾，不要我们管她，一如既往地逞强，以为她还和从前一样；所谓坏，就是糊里糊涂的，不知今夕几何，任由我们照顾，很顺从。 所以，真难说什么是好什么是坏了。

我们带她去做了检查。 检查结果在意料之中。 医生说，单看结果，她还没到很严重的状态，可以不住院。 但是她太过紧张了，反而加重了病情。 如果家人好好陪伴，让她放松下来，会好很多。

这话让我很懊悔。 我早该这么做的。 可是很多人生经验，获取的时候，不都已经无用了吗？

医生还告诉我一个好消息，目前已经有了这方面的药物。美国一家医药公司宣布，他们研制的首款可治疗阿尔茨海默病的药物，已经通过临床测验，就要投入生产了。同时我们国家也研发生产出了阿尔茨海默病新药，名字叫九期一，已经上市了。这个药是从肠道菌群入手，通过重塑肠道菌群的平衡，降低两种代谢物质的积累，从而减轻脑内神经炎症，改善认知障碍。

我把医生的话转告给母亲，母亲忽然很清晰地说，我天天折腾我的脑子，没想到问题却在肠道。闹笑话。

现在我父亲搬回了家，每天陪着母亲，上哪儿都带着母亲。买菜、散步、访友。客厅那几个空书架处理掉之后，父亲搬回了他的麻将桌。这样，他不出门也可以打麻将了。书桌和麻将桌的替换，意味着这个家的改朝换代。父亲的几个老麻友都认识母亲，据说母亲对他们都报以女主人的亲切微笑，呈现出一种从未有过的平和状态。她没再提离婚的事，我不确定她是真的忘了，还是在暗中放弃了，不再较劲儿，愿与父亲结成同盟，共同抵抗。

父亲说他再也不会离开母亲了。不管她高兴不高兴，就要一直陪着她照顾她。他说母亲就是他的命，他不能摆脱。硬要摆脱就会出乱子。他还说了一句很哲理的话：深渊是有的，但无底深渊不多。

昨天我回家去看母亲。进门就见父亲在厨房洗菜，那个光亮的脑袋已经泛起一层白茬。 我小声说，爸，还好吧？父亲点点头，简短地说，正常。 跟着又加了一句，就是老拿一本书，吃饭睡觉都拿。

我进屋，见母亲独自坐在阳台上，手上果然拿着书。 阳台用玻璃窗封成一个小暖房，放了两把藤椅，一个小圆桌。一瞬间，记忆的水位上涨，我脑海里浮现出了从前的光景，父亲和母亲一起坐在那儿晒太阳。 父亲打盹儿，母亲看报。我回去了，父亲马上加一把椅子，让我坐在他们中间，我勉为其难，但还是会坐下来，和他们说说话。

日子一页页翻过去，不管是好看的页面还是难看的页面，都被翻过去了，翻不回来了，翻回来也是"只读"文件了，无法修改，无法复制。

窗下那一树繁盛的桂花，被昨夜的雨打落在地，黄黄一片。 这情景，到底是应了陆游说的"零落成泥碾作尘，只有香如故"，还是更贴近林黛玉说的"花谢花飞花满天，红消香断有谁怜"？ 也许要看个人的心境吧。 如果是母亲，一定会选前者，作为女性，她是少有的硬朗的人，很少悲悲切切，很少自怜。 如果是父亲，说不定反而会选后者，父亲有时候流露出的眼神，很林黛玉。

我徒然意识到，所谓的幸福，只存在于回忆中。 或者说，幸福就是拿来回忆的，唯有旧日子能使我们快乐。 就在一年前，我们还是个幸福的家，父母互相陪伴，相安无事，我们每个星期天去看他们，一起吃晚饭。 晚饭后丈夫会和父亲下棋，尽管他说父亲是臭棋篓子。 我和母亲尽情地聊天，牛牛则钻进母亲书房去玩电脑。 那时候的母亲，伶牙俐齿，妙语连珠，笑声朗朗，经常让我开怀大笑。 可是我身在其中时，从来没觉得那是幸福，只觉得很普通，甚至觉得我们每个周末回家，是为了尽孝，而不是享受。

现在我才明白，我曾经那样幸福过。

母亲很专心地盯着窗外在念叨什么，完全没发现我的到来。 我走近，俯身，仔细听。 听出来了，母亲是在背《离骚》：帝高阳之苗裔兮，朕皇考曰伯庸……但也仅仅是这两句，翻来覆去地。

我叫了一声妈。 她转过脸来，我弯下腰揽住她的肩膀，贴贴她的脸颊。 她有些骄傲地说，别打搅我，我在背《离骚》呢。

我朝她伸出大拇指，说，妈，你好厉害。

我是由衷的。

2019 年 8 月至 2020 年 1 月

于成都正好花园

温和的穿透

—— 裘山山中篇小说简论

吴义勤

　　一直以来，裘山山都被划为军旅作家，这自然具备合理性，从职业身份到作品内容，她的创作都与军旅密切相关，遍布军旅元素。然而，这种划分在给她带来较高辨识度的同时，也形成了遮蔽。裘山山并不是传统意义上的军旅作家，而是有着非常强的开放性和包容性。她创作了大量军旅题材作品，但也同样关注和书写军旅以外的世界，对日常生活和普通小人物的书写同样是其创作的重要组成部分，而且形成了自己鲜明的创作特点和风格。这一特征在其中篇小说中有非常好的体现。比如，《隐疾》《琴声何来》《我需要和你谈谈》等作品。这几篇中篇小说都是以普通小人物为主角，写平凡的日常生活，写小人物心底的皱褶与创伤，写得既温和从容又惊心动魄，显现了裘山山非同一般的洞察力和细腻准确的表现力。

　　中篇小说一般注重讲述故事，通过相对完整的故事来传递思想和情感。但裘山山的中篇小说并不强调情节上的故事性和戏剧性，她的作品的故事情节都相对平和，没有大的外在的起伏和冲突。 她更侧重于对人物心灵内部的勘探，以人物的心理冲突为故事性，在心底的波澜中呈现人性的复杂性和情感的多质性。 比如，《隐疾》写的是几个中年女性的平凡生活，她们少年时曾经是邻居和同学，多年以后在北京相逢，已经步入中年的她们非常珍惜这样的重逢，彼此关系相当融洽和谐。 然而，一桩埋藏在岁月深处的往事和创伤被偶然打开，随即引发了山呼海啸般的情感撕裂。 几个人的关系看似没有变，却在沉默中一切都坍塌了。 裘山山不动声色地写出了创伤记忆在一个人心底埋藏的形态，又写出了记忆一旦被唤醒所释放出的摧毁性的力量。《琴声何来》聚焦两个单身中年男女，主人公马骁驭和吴秋明是大学同学，马骁驭是光彩照人的高富帅，吴秋明是相貌平平的灰姑娘，大学期间两人并无太多交集。 多年以后偶然重逢，两人起初也并未觉得会有故事发生。 然而，时间会改变人，会重新塑造人，两个看起来如平行线般的人最终寻找到了一个交叉点。 这个过程是男主人公重新认识自己的过程，也是他深入认识婚姻和情感的过程，这个过程在生活层面并没有剧烈的波折和起伏，但主人公在内心其实跨越了万水千山。 裘山山从容而又耐心地写出了人物内心的变化，将人物的精神裂变刻画出来。 这就是裘山山中篇小说的一个重要特征，她的作品的戏剧性和张力并不埋伏在情节里，而是蕴藏在人物的心灵深处。

裘山山中篇小说的另一个特征是擅长勘探和表现女性、

尤其是知识女性的精神世界。 作为女性作家，裘山山对于女性人物有天然的体察和亲近，她的作品中有大量的女性人物。 她尤其擅长书写知识女性，成功塑造了一批知识女性形象。 相较于普通女性，知识女性一般具有更强的理性意识和自我观念，有着独立的精神追求和事业理想，这些特征往往使她们与日常生活之间产生一种疏离感，存在紧张关系。 比如，《琴声何来》中的女主角吴秋明，她是一个知识分子，以学术为志业，一直过着单身生活。 周围人都将其视为一个成功的事业型女性，然而，这种表象之下隐藏着的是她的痛苦内心，她与荷香之间不被接纳的同性之爱以及荷香之死使她将自己囚禁在内心的牢房中，永远失去了爱的热情和能力。她是一个清醒的、孤独的、痛苦的灵魂。 在《我需要和你谈谈》这篇小说中，作者对于知识女性的塑造更加精彩，关于她们精神世界的展现也更为清晰生动。 小说的主人公是"我"的母亲，母亲是一个知识女性，一生理智而独立，然而，知识女性的自尊和智识上的优越感成为她步入老年尤其是面对家族病史时的最大敌人，她不能接受知识和智慧从自己的身体中消失，不能接受知识和理性光环的退去。 所以她始终在与自己战斗，而不能平和地走向衰老。 这或许是知识女性面临的另一种困境。 裘山山敏锐地把握住了这个群体的心理和精神世界，勾勒出她们的精神侧面，写出她们艰难而痛苦的心灵跋涉。

作为一个军旅作家，裘山山的视野是开阔的，创作是多元的。 她不仅创作了一批优质的军旅题材作品，也书写了更远处、更广大、更具普遍性的生活和世界。 她用一种温和从容的笔调，讲述那些看似波澜不惊的日常生活，而又能够穿透性地捕捉到平静水面之下人物的精神波动，写出了他们丰饶而复杂的心灵图景。

图书在版编目（CIP）数据

琴声何来/裘山山著；吴义勤主编. --郑州：河南文艺出版
社，2023.11
（百年中篇小说名家经典/何向阳总主编）
ISBN 978-7-5559-1560-7

Ⅰ.①琴… Ⅱ.①裘…②吴… Ⅲ.①中篇小说-小说集-中国-
当代 Ⅳ.①I247.5

中国国家版本馆 CIP 数据核字（2023）第 185766 号

丛书策划 陈 杰 杨彦玲

本书策划 王 宁　　　　　责任校对 梁 晓

责任编辑 王 宁　　　　　责任印制 陈少强

丛书统筹 李亚楠　　　　　书籍设计 书籍/设计/工坊
　　　　　　　　　　　　　　　　　　刘运来工作室

琴声何来
QINSHENG HE LAI

出版发行 河南文艺出版社

本社地址 郑州市郑东新区祥盛街 27 号 C 座 5 楼

承印单位 河南瑞之光印刷股份有限公司

经销单位 新华书店

开　　本 787 毫米×1092 毫米　1/32

印　　张 8.5

字　　数 156 000

版　　次 2023 年 11 月第 1 版

印　　次 2023 年 11 月第 1 次印刷

定　　价 43.00 元

印厂地址 河南省武陟县产业集聚区东区（詹店镇）泰安路
邮政编码 454950　　电话 0371-63956290